Erstkontakt 356

Weltraumschrott

Von Kurt Beinwell

Bibliografische Information der Deutschen Nationalbibliothek. Die Deutsche Nationalbibliothek verzeichnet diese Publikation in der Deutschen Nationalbibliografie; detaillierte bibliografische Daten sind im Internet über www.dnb.de abrufbar.

1. Auflage, 2017

© Kurt Beinwell – alle Rechte vorbehalten.

c/o Marian Heddesheimer

Busekiststr. 49, 23562 Lübeck

Herstellung und Verlag:

BoD – Books on Demand, Norderstedt

Cover-Design: Steven Novak

Lektorat: Ilka Sommer

ISBN: 978-3-744-883-009

1.

»Ankunft der letzten Drohne?«, fragte Sarah über Interkom.

»T minus 30 Sekunden, dann können wir die Schleuse schließen«, erwiderte Harold.

»Wird auch Zeit! Keine Ahnung, warum wir die Dinger immer noch persönlich überwachen müssen. Die machen doch eh alles alleine.«

»Täusch dich mal nicht, Engelchen! Auf früheren Flügen sind mir schon einige von denen außer Kontrolle geraten, und es ist nicht spaßig, wenn so ein Teil unkontrolliert gegen eine Außenluke donnert.«

»Ich donner *dir* gleich was, falls du mich nochmal Engelchen nennst!« Sarah konzentrierte sich wieder auf ihren Bildschirm. Sie war froh, dass niemand sah, wie ihre Finger die Armlehne des Stuhles würgten. Sarahs blonde Haare, die strahlend blauen Augen und die geringe Körpergröße passten perfekt zu diesem Spitznamen. Als einzige Frau im Team hatte sie es nicht leicht. Obwohl die Teamkollegen sie mit solchen Sprüchen nur necken wollten, ärgerte sie der Mangel an Respekt. »Sag mal, Harold, das meintest du nicht ernst?«

»Was denn?«

»Die unkontrollierten Drohnen.«

»Aber klar! Früher war die Software nicht so ausgereift. Die Dinger haben zwar den Schrott sauber eingesammelt, kamen dann allerdings mit der zugeladenen Masse nicht zurecht. Da sind einige ordentlich vom Kurs abgekommen.«

»Erzähl keinen Scheiß! Haben die nicht alle Computer an Bord, um die Zuladung neu berechnen zu können?«

»Klar doch Engel… äh, Sarah. Die liefen aber noch mit Andromeda Version 3.«

Sarah musste lächeln. »Das System mit dem Rundungsfehler?«

»Ganz genau. Wenn die Drohne zu viele kleine Teile geladen hatte, konnte sie die Masse nicht ordentlich addieren.«

»Peinlich.«

»Das kannst du laut sagen! Wir durften den Arsch dafür hinhalten, weil so ein Ding mal die Schleuse zerlegte.«

»Wie oft ist das vorgekommen?«

»Bei mir nur einmal, das hat aber auch gereicht.«

»Was ist dann passiert?«

»Wir haben uns im hinteren Cockpit verschanzt und Hilfe angefordert. Die mussten ein Rettungsteam schicken und uns dort rausschneiden. Das gab damals ordentlich Druck beim Strafvollzug. Die Regierung wollte das Raumfahrtprogramm schon einstellen.«

»Ja, die Meldung kam in den Nachrichten. Ich fand es allerdings nicht so interessant, weil ich dachte, die schnappen mich nie.«

»Niemand weiß, warum du eigentlich hier bist. Was hast du denn so angestellt?«

»Das willst du gern wissen? Erzähl ich aber nicht. Dieser Strafvollzug ist ätzend genug, und so bleibt mir wenigstens etwas Privatsphäre.«

»Irgendwann kriegen wir es schon raus, Engelchen …« Harold unterbrach sich. »Pass auf! Drohne Nummer vier kommt zu schnell rein! Aktivier das Fangnetz, sonst knallt sie dir gegen die Bordwand!«

»Verdammt! Wenn man vom Teufel spricht!« Sarah gab routiniert einige Befehle auf dem Bedienfeld ein.

Die Konsole war ergonomisch angeordnet und bestand lediglich aus drei mechanischen Tasten sowie einem zweidimensionalen Eingabefeld, mit dem sich die Optionen auswählen ließen. Das Prinzip ähnelte dem einer Computermaus, deren Nutzung Ende des 21. Jahrhunderts eingestellt wurde. Durch den festen Einbau in die Konsole konnte das System jedoch auch bei Ausfall der künstlichen Schwerkraft noch zuverlässig eingesetzt werden. Der Bildschirm zeigte, wie ein Roboterarm das elastische Netz über die Einflugschneise des Hangars spannte, welches das Fluggerät auffing wie einen verirrten Tennisball.

Die *Hermes-38* war ursprünglich für Expresszustellungen zwischen den Planetenkolonien gebaut worden. Zu ihrer Zeit galt sie als moderner Kleinfrachtkreuzer, wurde dann aber ausgemustert, als die neue Generation schneller Frachtschiffe auf den Markt kam. Daher verfügte das Schiff nicht über die neuesten Kraftfeld-Generatoren, mit denen normalerweise eine sichere Landung der Drohnen gewährleistet wurde. Das gute alte Fangnetz war immer noch ein zwar einfaches, allerdings sinnvolles Hilfsmittel.

»Wie kann sowas passieren, Harold?«, fragte Sarah.

»Keine Ahnung! Die Drohnen sind alle auf moderne Software umgestellt. Es ist ja nichts weiter passiert, und die Schleuse wurde gesichert. Ich werde mir die Elektronik dieses Vogels ansehen, wenn du ihn ausgeladen hast. Du solltest dir den Kameraden gleich mal vornehmen!«

Für den Weg vom Kontrollraum zur Luftschleuse brauchte Sarah nur zwei Minuten. Die Korridore der Hermes erinnerten in ihrer sterilen Erscheinung eher an ein Hospital als an ein Raumschiff. Die Wände waren mit einer selbstreinigenden Spezialbeschichtung versehen, sodass man sich leicht in dem Einheitsgrau verlieren konnte, befänden sich nicht alle zwanzig Meter Beschriftungen zur Orientierung. Die beiden Hangars hatte man ursprünglich für Landefähren ausgelegt, groß genug, um jeweils ein Dutzend der kleinen Raumdrohnen aufzunehmen. Diese sammelten den fein verteilten Weltraumschrott automatisch während der Routineflüge ein und kehrten dann selbständig zum Schiff zurück.

Sarah trat durch die innere Schleusentür in den Hangar, befreite die verirrte Drohne aus dem Fangnetz und packte sie mit Hilfe einer Magnetschwebeeinheit auf den Transportwagen. So eine Sammeldrohne war, wie die übrigen aus der Standardserie, knapp einen Meter breit und etwa dreimal so lang. Neben dem schlanken Rumpf befand sich rechts und links jeweils ein bewegliches Standardtriebwerk, mit dem das Gerät in alle Richtungen manövrieren konnte. Auf diese Weise fing die Drohne ein

Objekt mit der offenen Klappe des kleinen Laderaumes ein, so wie früher ein Wal seine Nahrung – winzige Krebstiere – direkt ins Maul schwimmen ließ. Sarah fuhr mit der Ladung zum Inventurbereich, in dem sie jeden Tag die eingesammelten Stücke Weltraumschrott katalogisierte sowie den passenden Fraktionen zuordnete. Hier wartete schon der *Erbsenzähler*, wie die beiden Mitglieder des Inventurteams von den Kollegen scherzhaft genannt wurden. »Hey Robert! Ich hoffe, du hast dich nicht allzu sehr gelangweilt.«

»Ach Sarah, du weißt doch, das geht bei mir gar nicht.« Tatsächlich saß der Materialverwalter an einem Terminal, wo er sich mit einer bunt aussehenden Datentabelle beschäftigte.

»Du hättest wirklich Buchhalter oder Steuerberater werden sollen«, sagte Sarah.

»Das war ich ja auch – also, im weitesten Sinne.« Robert Frappier, der vor zwei Jahren wegen diverser Wirtschaftsdelikte verurteilt worden war, grinste bis über beide Ohren. »Meine kreative Buchhaltung hat mir schließlich das Genick gebrochen. Deshalb darf ich jetzt Altmetall wiegen und katalogisieren.«

»Tut mir leid, ich wollte nicht …«

»Ach was, Sarah. Ist schon okay. Hätte ich mich nicht so dumm angestellt und schnappen lassen, wären wir uns ja nie begegnet.«

Sarah wusste mal wieder nicht, ob er mit ihr flirtete oder es die übliche Anmache war. Irgendwie mochte sie den attraktiven 38-jährigen Franzosen mit dem dunkelbraunen Haar. Trotz seiner Vorliebe für Zahlen, aber vielleicht auch gerade deswegen, fand sie ihn ganz in Ordnung. Sarah fragte sich manchmal, was da hinter diesen braunen Augen vorgehen mochte, wenn Robert gerade in seine Zahlen vertieft war.

Überhaupt schien das Team nicht so schlecht zusammenzupassen. Diese Art des Strafvollzuges im Weltall wurde kontrovers diskutiert. Als Kandidaten kamen keine Schwerverbrecher in Frage, die brachte man weiterhin in den Minen auf den Jupitermonden unter. Niemand wollte Gewaltausbrüche auf Raumschiffen riskieren, daher eignete sich das Programm hauptsächlich für Betrüger, Wirtschaftskriminelle und politisch unerwünschte Personen.

Während der vergangenen Jahre, in denen das Programm lief, gab es nur einen Todesfall und der war ein Unfall. Durch die Mikrochips, die jedem Teilnehmer implantiert wurden, konnten die Überwacher von der Erde alles kontrollieren und jederzeit eingreifen, falls Probleme auftraten. Wie das funktionierte, wusste niemand so genau. Sarah hatte gerüchteweise gehört, dass Elektroschocks oder ein chemischer Stoff die Personen kampfunfähig machten. »Stürzen wir uns in die Arbeit!«, sagte sie schließlich.

2.

Carl Huntley blickte mit müden dunkelbraunen Augen aus dem großen Fenster, das einen Ausblick auf die Erde erlaubte. Offiziell war er der Captain des Müllfrachters, allerdings bedeutete das nicht viel auf einem Schiff, das von den Bürokraten dort unten kontrolliert wurde. Nachdenklich strich er sich durch den graumelierten Bart, der einen deutlichen Kontrast zu seinen dunkelbraunen Haaren darstellte. Mit 48 Jahren war er der Älteste hier an Bord.

Leichte Tätigkeit, minimale Überwachung und viel Freizeit. So wurde ihm das neue Strafvollzugs-Programm schmackhaft gemacht. Nach der Verurteilung gab es kaum Alternativen. Wegen seiner Straftaten durfte er nur in unkritischen Bereichen arbeiten, und aufgrund der herausragenden technischen Fähigkeiten kam kein Job mit vollem Zugang zu einem Computer in Frage. Schließlich hatte Carl die Weltbörse um fast zwei Milliarden Dollar erleichtert. Wäre er damals nicht gefasst worden, residierte er jetzt auf einer kleinen Südseeinsel. Dass ihn ausgerechnet ein Software-Bug ans Messer lieferte! Die Spuren konnten nicht zurückverfolgt werden, bis diese verflixte Sicherheitslücke seine IP-Adresse im Klartext weitergab.

Das Modellprojekt *Weltraumschrott* empfand er als eine der wenigen akzeptablen Möglichkeiten, die Strafe abzuarbeiten. Dass er überhaupt für das Programm in Frage kam, statt in einer Minenkolonie der Jupitermonde zu landen, hatte er der Tatsache zu verdanken, dass die gestohlenen Milliarden nie gefunden wurden. Die Behörden machten sich wahrscheinlich immer noch Hoffnungen, er könnte sie irgendwann zu dem Geld führen. Jetzt verbrachte er die nächsten fünf Jahre damit, den ganzen kleinen Müll im Erdorbit einzusammeln. Die meisten Vorgänge liefen automatisch, aber man beschäftigte Menschen, um die Drohnen zu warten, den Schrott zu klassifizieren und einem sinnvollen Recycling zuzuführen. Es erinnerte ihn an die alten Fernsehserien, in denen Kleinkriminelle am Straßenrand Abfall aufsammeln mussten.

»Hey Carl!«, grüßte Harold Tierney beim Hereinkommen. »Hast du wieder deinen Moralischen?« Er war der Ingenieur an Bord. Der Ire fiel mit seinen rotbraunen Naturlocken, den grünen Augen und der sonoren Bassstimme sofort auf. Eigentlich war er vollkommen überqualifiziert, denn jeder mit einem Crashkurs in modularer Elektronik könnte seinen Job erledigen. Doch auch für Weltraumarbeiter im Strafvollzug gab es Vorschriften, was die Besatzung betraf. Diese sahen vor, dass ein Captain sowie ein ausgebildeter Bordingenieur zur Stammmannschaft gehörten. Raumschiffe boten ironischerweise die wirtschaftlich günstigere Alternative zur Unterbringung von Häftlingen, als wertvolle Flächen auf der Erde zu verschwenden. Die *Hermes* war als kleiner Frachter für eine 12-köpfige Mannschaft ausgelegt, wobei sie auch eine limitierte Zahl von Passagieren befördern konnte. Allerdings befanden sie sich nur zu fünft an Bord, denn für das Weltraumprogramm gab es derzeit mehr verfügbare Schiffe als geeignete Kandidaten. Daher hatten sie es recht gut getroffen.

»Wusstest du, dass man Leute wie uns früher in Gefängnisse gesteckt hat?«, begann Carl eine Unterhaltung.

»So wie in den alten Filmen?«

»Ganz genau. Riesige Gebäude, in denen nur Gesetzesbrecher lebten. Die wurden sogar von echten Menschen bewacht, nicht von einer künstlichen Intelligenz, die tausende von Kilometern entfernt residiert. Also, ich stelle mir das himmlisch vor. Die bekamen regelmäßig richtiges Essen – nicht diesen künstlichen Fraß –, konnten nachts durchschlafen und hatten einen Hof, wo sie einmal in der Woche im Freien herumlaufen konnten.«

»Du bist ein hoffnungsloser Romantiker!« Harold setzte sich mit einem Tablett an den Tisch. Die synthetische Nahrungsration auf dem Teller sah nicht gerade appetitlich aus. »Sag mal Carl, was ist das eigentlich mit deiner Vorliebe für Erdgeschichte. Findest du keinen interessanteren Lesestoff?«

»Du weißt doch, dass mein Zugang zu technischer Literatur beschränkt ist. Die da unten haben Angst, ich könnte diese Schrottkiste in eine Waffe umbauen.«

Harold verdrehte die Augen, als ob er das Argument schon zu oft gehört hätte. »Ich bin sicher, das schaffst du auch ohne Anleitung.«

»Klar doch! Die Zugangskontrolle zum Auto-Control habe ich bereits vor zwei Wochen geknackt. Wir könnten also problemlos auf dem Gebäude der Zentralregierung abstürzen, wenn ich das wollte.« Carl konnte sehen, wie

Harold blass wurde und abrupt mit dem Kauen aufhörte. »Krieg dich mal wieder ein, das würde ich natürlich nicht machen!«

»Das beruhigt mich aber«, sagte Harold mit einem leichten Zweifel in der Stimme.

»Dafür hänge ich zu sehr an meinem Leben, und außerdem hätte uns die Erdverteidigung längst abgeschossen, bevor wir der Atmosphäre zu nahe kämen.«

Harold steckte ein frisches Stück grünlich-grauen Nahrungsriegel in den Mund, wobei *frisch* nicht unbedingt zutraf. Mit halbvollem Mund nuschelte er: »Warum machst du dir dann die Mühe, da einzubrechen?«

»Na, weil ich es kann, natürlich! Ich habe diesen Himmelfahrtsjob nicht wegen der schönen Aussicht angenommen. Auf dem Raumschiff kontrolliert uns niemand, da ist es leichter, sich ein Hobby zuzulegen.«

»Du vergisst die ständige Fernüberwachung!«

»Die Kameras? Die kannst du vergessen. Ich bin schon auf der Erde zu oft in deren Systeme eingebrochen. Alle Videos werden durch die künstliche Intelligenz ausgewertet. Erst wenn etwas Verdächtiges passiert, werden die Aufnahmen an einen Menschen weitergeleitet. Andernfalls gehen sie in der riesigen Datenwolke verloren.«

»Aber das Einbrechen in Auto-Control ist nicht verdächtig?«

»Nicht, solange eine Endlosschleife im Videofeed läuft.«

»Du hast echt zu viel Langeweile! Ich gehe jetzt in den Maschinenraum. Die Injektoren müssen mal wieder gereinigt werden.«

»Was immer dich glücklich macht. Wir sehen uns später!«

3.

So eine Sammeldrohne war wie ein Weihnachtspaket. Man öffnete es und ließ sich vom Inhalt überraschen.

Sarah fiel als Frachtmeisterin die Aufgabe zu, die Einzelteile zu identifizieren, sowie über Größe und Material deren Wert für die Wiederverwertung festzustellen. »Das sieht aus wie ein Stück von einem alten Satelliten!«

Robert schaute von seinem Display auf. »Das wird wohl Teil eines Solarpanels sein. Die setzte man früher als Energiequelle ein.«

»Gut erkannt. Der Scanner zeigt fast 100% Silizium. Wirtschaftlich wertlos.«

»Ist eingetragen und katalogisiert. Pack es in die Kiste zum anderen Müll!«

»Nächstes Stück: ein zehn Zentimeter großes Schmuckstück von erlesener Qualität. Noch einwandfrei erhalten. Wer macht das erste Gebot?«

Robert runzelte die Stirn und schüttelte den Kopf.

»Robert, mehr Humor bitte! So hat man seinerzeit Antiquitäten öffentlich versteigert.«

»Und warum ist dieses Teil so wertvoll, dass ich etwas dafür bieten sollte?«

»Der Scanner erkennt fast 100% Gold, vermutlich die äußere Plattierung einer Außenhülle. Sowas wurde früher benutzt, um Wärmestrahlung zu reflektieren.«

»Das Metall ist heute noch einiges wert. Ich habe es erfasst und katalogisiert. Pack das Ding in den Container für Edelmetalle!«

»Wusstest du, dass man im letzten Jahrhundert Gold und Silber als Wertanlage verwendete?«

»Ehrlich? Wer gibt sich denn freiwillig mit dem schweren Zeug ab?«

»Nein, wirklich Robert! Damals hätte jedermann dieses dreieinhalb Gramm Stück Gold heimlich eingesteckt und mitgehen lassen.«

»Du liest eindeutig zu viele historische Krimis.«

»Mag sein, aber ist es nicht faszinierend, dass man früher physische Zahlungsmittel benutzt hat? Das ist heute kaum vorstellbar, wo doch Geld nur noch elektronisch übertragen wird.«

»Wir sollten mal einen Schritt schneller machen. Bis zur Mittagspause würde ich gern diesen Gesellen hier abgefrühstückt haben.« Robert deutete auf die Drohne.

»Okay, hier kommt das nächste Stück. Ein gut erhaltener schwarzer Kasten mit glatter Oberfläche. Dreihundert Gramm reinstes …« Sarah zögerte.

»Na, was denn nun?«

»Reinstes …«

»Was zeigt der Scanner?«

»Das ist merkwürdig. Es wird weder Metall, Kunststoff oder organisches Material erkannt.«

»Verdammt! Das können wir nicht gebrauchen«, fluchte Robert. »Hol ein Reservegerät aus dem Lager! Das Ding muss defekt sein!« Er tippte auf seiner Tastatur. »Was sagtest du? Dreihundert Gramm?«

Sarah schaute auf das Messgerät »252 Gramm. Aber, warte mal!«

»Was ist? Ist die Waage auch kaputt?«

»Wir haben doch stabile künstliche Gravitation im ganzen Schiff?«

Robert kontrollierte den Bildschirm. »Exakt 1.0 g. Wieso?«

»Weil das Gerät jetzt nur noch 230 Gramm anzeigt.« Sarah betätigte das Interkom. »Sarah an Harold!«

»Bordingenieur bei der Arbeit, was kann ich für dich tun, Engelchen?«

»Schwing deinen faulen Arsch rauf in die Inventur und bring einen Materialscanner mit! Wir haben hier etwas Ungewöhnliches gefunden.«

»Du hörst dich besorgt an, Sarah. Ist alles in Ordnung?«

»Ist es nicht! Bring den Scanner mit und sag auch Carl Bescheid! Offenbar haben wir ein ernstes Problem!«

4.

Barry Frost, Sachbearbeiter für den mittleren Dienst, arbeitete in einem imposanten Gebäude der Zentralbehörde für Strafvollzug. Eigentlich wurde er nur selten gebraucht, denn die künstliche Intelligenz, die jeder als die große KI kannte, machte schließlich die ganze Arbeit.

»Guten Morgen, Teresa«, grüßte er freundlich seine Sekretärin.

»Einen schönen guten Morgen, Herr Frost«, flötete sie zurück. »Ihre E-Mails sind bereits vorsortiert, und Sie finden eine Aufstellung mit den neuesten Nachrichten zur Auswertung für die sozialen Medien in Ihrer To-do-Liste.«

»Fleißig wie immer. Am Ende werden Sie doch noch befördert!«

Sie lachte laut auf und strich eine Haarsträhne aus dem Gesicht. »Das glauben Sie nicht wirklich. Schließlich kleben wir seit Jahren auf unseren Posten fest.«

»Aber Sie legen sich dennoch ins Zeug, als ob Sie in der Probezeit wären.« Barry lächelte sie an, bevor er die Hand auf den Scanner legte, welcher ihm Zugang zum Büro verschaffte.

»Sie wissen doch, wie langweilig dieser Job ist. Da bleibt mir nichts übrig, als das Beste daraus zu machen.«

Barrys Bürotür glitt lautlos beiseite. »Ich weiß, was Sie meinen. Dann werde ich mal meiner wichtigen Tätigkeit nachgehen. Sollte ich zur Mittagspause nicht wiederaufgetaucht sein, rufen Sie den Leichenbeschauer! Dann bin ich wohl an Langeweile gestorben.«

Die Sekretärin kicherte leise und wandte sich wieder dem Bildschirm zu.

Das Büro des Sachbearbeiters war kahl und zweckmäßig eingerichtet. Die Klimaanlage sorgte für einen frischen Frühlingsduft, doch Barry wusste, dass hier ausgeklügelte Chemie zum Einsatz kam. Seit die

Arbeitsplätze über die staatliche Lotterie ausgelost wurden, brauchte man viel Glück, um einen so geräumigen Arbeitsplatz zu ergattern. Immerhin konnte er sich in den zwölf Quadratmetern frei bewegen. Ein Luxus, der in seiner Einkommensklasse nur in öffentlichen Behörden existierte.

Barry schaltete den Bildschirm ein und sah auch gleich die To-do-Liste mit den Nachrichten. Zuerst musste er allerdings E-Mails lesen und beantworten, sofern die große KI das nicht schon für ihn erledigt hatte.

Dreiunddreißig Anträge auf Straferlass. Jeder einzelne versehen mit guten Argumenten, warum ein Krimineller die Strafe nicht abarbeiten sollte. Eingaben aus gesundheitlichen Gründen waren von der KI bereits entschieden worden: zwölf Ablehnungen, zwanzig Umsetzungen auf einen anderen, körperlich leichteren Arbeitsplatz.

Schließlich blieb noch einer, den er selbst entscheiden konnte. Die Restlichen musste er nur bestätigen. Die künstliche Intelligenz machte keine Fehler!

5.

Carl beschäftigte sich mit seinem Lieblingshobby, als ihn die Nachricht erreichte.

»Harold an Carl, kannst du uns in der Inventur treffen? Sarah hat ein technisches Problem und explizit nach dir gefragt.«

»Verdammt, ich habe noch zu tun, gib mir zehn Minuten! Inventur sagst du?«

»Ja, genau. Offenbar gibt es bei den Erbsenzählern Probleme, den Schrott ordentlich zu katalogisieren. Ein wenig Abwechslung tut uns beiden bestimmt ganz gut.«

»Verstanden. Ich mach das nur schnell fertig.«

Carl wollte über Interkom nicht deutlicher werden. Schließlich befasste er sich augenblicklich damit, ein weiteres Überwachungssystem auszutricksen. Das hasste er am meisten an diesem Arbeitsprogramm, dass es ihm keine geistigen Herausforderungen bot. Sein Zugang zu Informationen beschränkte sich auf *unkritische* Literatur: Unterhaltungsprogramme und bei wissenschaftlichen Quellen nur historische Veröffentlichungen.

Also hatte er ein Hobby gesucht, das ihn mehr herausforderte. Inzwischen konnte er einen großen Bereich der Überwachung auf dem Schiff umgehen, indem er ausgewählte Videoschleifen einspeiste. Das funktionierte auch für die zugehörigen Mikrofone.

Nicht, dass es ihm etwas nutzen würde. Die Überwachung existierte sowieso nur, um Übergriffe unter den Besatzungsmitgliedern zu verhindern. Ansonsten konnten sie auf dem Raumschiff so ziemlich alles unternehmen, was sie wollten. Aber ein wenig mehr Privatsphäre fand er nicht verkehrt, außerdem verhinderte er so, dass seine Fähigkeiten einrosteten.

Nachdem er den neuen Schaltkreis hinter einer Abdeckung verborgen hatte, machte er sich auf den Weg zur Inventur.

6.

Diese Langeweile bringt mich noch um, dachte Barry, nachdem er die E-Mails abgearbeitet und die Updates für die sozialen Medien durchgeführt hatte.

»Computer! Unterhaltungsprogramm!«, rief er in den Raum. Augenblicklich verdunkelte sich der Bildschirm, und eine große Projektionsfläche schwebte von der Decke, wobei sogleich ein Timer auftauchte: *Arbeitszeit: 3 Stunden 48 Minuten, Pausen: 0:00, Entspannung: 0:00*. Die letzte Sektion begann, die Zeit hochzuzählen. Einem Mitarbeiter einer staatlichen Einrichtung gewährte man täglich bis zu zwei Stunden Entspannungsprogramm, die allerdings nicht als Dienstzeit angerechnet wurden. Daher stoppte der Zähler für diesen Bereich, solange der Mitarbeiter Filme ansah. Derzeit gab es nur noch einen florierenden Industriezweig: die Unterhaltungsindustrie. »Historische Serien, einundzwanzigstes Jahrhundert, Kriminalgeschichten!«, befahl Barry.

Der Computer reagierte sofort. »Die Empfehlung ist eine beliebte Krimiserie mit mäßigen Gewaltszenen. Sie haben das letzte Mal vor drei Tagen darauf zugegriffen, möchten Sie hier fortsetzen?«

»Bestätigt!«

Endlich konnte Barry die langweilige Routine vergessen und sich berieseln lassen. Er kannte die Serie bereits und wusste, wer der Mörder war. Daher würde er in einer halben Stunde die Krimiserie erneut auf Pause stellen und die Überwachung der Strafgefangenen fortsetzen. Nicht, dass es etwas aktiv zu tun gab. Die große KI überwachte alle Vorgänge und informierte ihn nur, wenn Probleme auftauchten – aber die gab es in seinem Bereich seit über zwei Jahren nicht mehr.

7. Die Entdeckung

»Sieh dir das Ding doch an!«, meinte Sarah. »Hast du sowas schon mal gesehen, Harold?«

»Engelchen, mir ist bereits alles Mögliche untergekommen, und das da sieht aus wie eine Blackbox für ein Flugzeug oder ein kleineres Raumfahrzeug. – Autsch!« Harold verzog das Gesicht vor Schmerz und rieb den Arm.

»Das war für das Engelchen!«, zischte Sarah, die ihm gleich noch einmal gegen die Schulter boxte.

»Pass auf, dass sie dich nicht ausschalten, *Sarah*!«, erwiderte Harold der ihren Namen besonders betonte. »Das ist ein körperlicher Angriff auf ein Teammitglied!«

Sarah, die mit zusammengebissenen Zähnen und hochrotem Kopf zurückwich, erinnerte sich an die Bestrafungsmaßnahmen, die bei aggressiven Auseinandersetzungen folgen sollten. Sie erwartete, einen Elektroschock zu erhalten, aber nichts passierte.

In diesem Moment betrat Carl die Inventur. »Macht euch keine Gedanken, Leute! Ich habe die Überwachung für den Raum abgeschaltet. Gib ihm noch eine Ohrfeige als Bonus und dann erzähl mal, warum du mich von meiner Lieblingsbeschäftigung weggeholt hast!«

Sarah legte die Stirn in Falten. »Abgeschaltet?«

»Ja, ist ein Hobby von mir. Reden wir nicht drüber. Lass hören, was dein Problem ist!«

»Unsere Erbsenzähler können den Materialscanner nicht richtig bedienen«, mischte Harold sich ein. »Ich habe einen neuen Scanner aus dem Lager mitgebracht. Zeig mal her, das Teil!«

»Siehst du! Er erkennt weder Metall noch Kunststoff. Außerdem kann ich die Masse nicht zuverlässig bestimmen. Die Waage zeigte trotz Standard-Schwerkraft verschiedene Werte an. Jetzt bleibt die Anzeige allerdings konstant bei 217 Gramm.«

Harold schob sich an Sarah vorbei, öffnete eine Serviceklappe der Drohne und verband ein Messgerät mit einer darunter zugänglichen Anschlussbuchse. »Lass mich mal die Protokolldatei auslesen!« Nachdem er einige Male auf dem Display des Gerätes herumgetippt hatte, schüttelte er den Kopf. »Das ist merkwürdig! Laut Protokoll sammelte unser Fluggerät das Objekt ein und registrierte dessen Masse mit 68 Kilogramm.«

Carl trat neben seinen Bordingenieur und blickte ihm über die Schulter auf das Diagnosegerät. »Bist du sicher, dass es das Gleiche ist?«

»Schau selbst! Die Kamera hat ein Bild gespeichert, bevor die Drohne das Fundstück in der Ladebucht verstaute.«

»Du sagst also, dieses Teil kann seine Masse verändern?«

Harold zog die Augenbrauen nach oben. »Das würde den Zwischenfall im Hangar erklären! Wenn der

Flugcomputer die Gesamtmasse zu hoch berechnete, musste das Ding mit zu viel Schub hereinkommen.«

Carl hatte das Objekt in die Hand genommen und betrachtete es von allen Seiten. Die Form war fast quadratisch, etwa zwei Handbreit lang und gerade so dick, dass er das Gerät bequem zwischen Daumen und Zeigefinger halten konnte. »Perfekte, glatte Oberfläche, ohne Öffnungen oder Verschraubungen.«

»Es scheint auch keine Anschlussbuchse oder sonstige Kontaktstellen zu haben«, bestätigte Harold.

Carl runzelte die Stirn, wog den schwarzen Kasten nachdenklich in seiner Hand. Schließlich betätigte er den Schalter für das Interkom. »Captain an den Doktor!«

»Martin hier, was gibt's?«

»Kannst du zur Drohnenschleuse kommen? Harold hat sich den Fuß verletzt und kann nicht aufstehen.«

»Alles klar, bin unterwegs!«

»Harold! Du fängst unseren Doktor an der Schleuse ab. Komm dann mit ihm zur Krankenstation!«

»Aber wieso …«

»Frag nicht, erklär ich später!« Carl wandte sich an Sarah und Robert. »Ihr beide macht jetzt weiter! Der Videostream muss wiederhergestellt werden, es soll aussehen, als ob die Arbeit planmäßig läuft. Ich berichte euch dann, was wir herausgefunden haben.«

Die beiden Angesprochenen schauten sich nur verwundert an, schließlich zuckte Sarah mit den Schultern und griff in die Drohne, um das nächste Teil herauszuholen. »Ein etwa zwölf Zentimeter großes Stück

Kunststoff. Sieht ziemlich verschlissen aus. War vermutlich mal eine Abdeckung für ein Panel.«

Robert tippte die Daten ins Terminal. »Das kommt zum anderen Müll.«

8.

Barry hatte das Büro wieder auf Arbeitsmodus geschaltet. Die Wiederholung alter Krimiserien war nicht sonderlich spannend, aber sie bot etwas Abwechslung zu dem, was er als Nächstes tun musste.

Die Überwachungsprotokolle für das Weltraumprogramm waren überwiegend unauffällig. In den vergangenen Stunden sah er nur zweimal eine kleine Rangelei, die von der KI aufgelöst wurde. Eine Betäubung mit leichten Elektroschocks sorgte dafür, dass körperliche Auseinandersetzungen praktisch nie vorkamen. Insgesamt lief alles sehr diszipliniert ab. Jeder wusste, dass die Schiffe überwacht wurden. Auch wenn vom Bodenpersonal niemand sofort eingreifen konnte, hatte die KI alles vollständig unter Kontrolle.

Barry schaute einige Videoaufzeichnungen an. Als Mitarbeiter im Vollzug gewährte man ihm Zugang zu den Daten. Die Privatsphäre der Insassen wurde trotzdem gewährleistet. Auf die Videos in den privaten Quartieren durfte nur die KI zugreifen, sofern man keinen zwingenden Grund hatte, diesen Schutz aufzuheben.

Also nahm sich Barry eine Reihe von Aufzeichnungen aus Schleusen, Messen und Inventurräumen vor, was eigentlich nur die Zeit vertreiben sollte. »Verdammt langweilig!«, stöhnte er.

Er öffnete einen anderen Ordner, welcher das Programm für die Auswertung der Überwachungsdaten enthielt. Die Mitarbeiter wurden immer wieder angehalten, Verbesserungen für das System zu entwickeln, wenn sie Gelegenheit dazu hatten. Die Methoden arbeiteten hochoptimiert, dennoch gabe es die Möglichkeit, Kleinigkeiten anzupassen.

Barry wandte sich nun den Audioaufzeichnungen zu. Die Software war darauf ausgelegt, Streitigkeiten und Probleme entweder über das Videomaterial oder die Stressanalyse der Gespräche auszuwerten. Barry wollte schon lange mal wissen, ob man diese beiden Verfahren auch kombinieren könnte.

»Computer! Erzeuge eine neue Datenbanktabelle als Schnittmenge von Bild- und Tonaufzeichnung!«

»Schnittmenge nicht spezifiziert, bitte Parameter angeben!«

»Na also, eine Herausforderung!«

»Nicht verstanden, bitte wiederholen Sie die Anweisung«, erwiderte der Rechner.

»Schalte um auf Tastatur! Ich trage die Daten direkt ein«, sagte Barry und fing an zu tippen.

9.

Martin hatte eigentlich nie Arzt werden wollen, fühlte sich von seinen Eltern dazu gedrängt, weil es einer der seltenen Berufe mit Zukunftsaussichten war. Trotzdem fand er die Karriere als Krimineller lukrativer, wobei die medizinische Ausbildung durchaus Vorteile verschaffte. Er gehörte zu den wenigen Spezialisten, die das menschliche Erbgut auf Bestellung ändern konnten. Die meisten Kunden waren reiche Schnösel gewesen, die ihre Kinder intelligenter, schöner und stärker machen wollten.

Eigentlich ärgerte ihn Carls Anforderung. Selbst mit einem gebrochenen Knöchel ließe sich ein Schwebetransporter zur Krankenstation nehmen. Es bestand wirklich kein Grund, ihn direkt zur Schleuse zu zitieren. Als er dort ankam, erwartete ihn Harold bereits und schien bestens laufen zu können. »Was soll das? Wieso hat Carl mich hierher bestellt?«

»Komm mit zur Krankenstation, wir haben einen besonderen Patienten für dich!«, erwiderte Harold.

»Wer? Und warum dieser Umweg?«

Doch der Bordingenieur entfernte sich schon im Laufschritt.

Als sie eintrafen, wartete Carl bereits dort. »Doktor! Danke, dass du so kurzfristig kommen konntest.«

»Willst du mich verarschen? Wieso der Umweg über die Schleuse?«

»Tut mir leid, Martin, ich musste erst noch einige Vorkehrungen treffen, damit man uns hier nicht überwachen kann«, erklärte Carl.

»Du hast wieder an der Elektronik herumgespielt?«

»Was soll ein Mensch machen, wenn er sich langweilt?«

»Was soll ich jetzt tun? Harold sagte was von einem Patienten?«

»Ja, dieses kleine Kästchen hier.«

»Ist das dein Ernst?«

»Völlig! Du musst es für uns durchleuchten.«

»Wo kommt das überhaupt her?«

»Das hat eine unserer Drohnen aufgesammelt.«

Der Mediziner zog die Augenbrauen hoch. »Ein Stück Schrott? Warum willst du das untersuchen?«

»Komm, Doc! Mach einfach!«

»Na ja, warum auch nicht. Der medizinische Scanner sollte sowieso wieder überprüft werden. Leg das Teil dort auf den Patiententisch! Ich mach mal ein Röntgenbild.«

Nacheinander schaltete Martin die Geräte ein und wählte die notwendigen Parameter. Dann glitt der Tisch in die große Bio-Analyse-Einheit, in der die Aufnahmen gemacht wurden. Wenige Sekunden später erschien ein Bild auf dem Monitor.

»Bekommen wir das noch in besserer Auflösung?«, wollte Carl wissen.

»Aber klar doch, erhöhen wir mal die Strahlungsleistung. Ist ja nicht so, dass wir auf die Gesundheit des Patienten Rücksicht nehmen müssten.« Die neue Aufnahme zeigte eine Reihe von Strukturen, die dem Doktor nichts sagten. Er war schließlich Arzt und kein Techniker. Stattdessen beobachtete er die Gesichter seines Captains und des Ingenieurs, die beide mit offenen Mündern dastanden. »Erkennt ihr etwas Ungewöhnliches?«

»Das ist jedenfalls kein Weltraumschrott! Eine so komplexe Anordnung mit dermaßen kleinen Bauteilen habe ich noch nie gesehen. Kannst du mir ein Bild in drei Ansichten machen? Also nicht nur von oben, sondern auch von der Seite und von vorne?«

»Natürlich!« Der Doktor drückte einige Tasten. »Soll ich ein 3D-Model erstellen und in den Computer laden?«

»Nein, besser nicht! Nur Ausdrucke. Und lösche danach den Speicher des Gerätes! Wir wollen doch nicht, dass die Bilder mit der Protokolldatei zur Erde geschickt werden.«

»Wieso das denn?«

»Weil wir das Ding sofort los wären, noch bevor die nächste planmäßige Inspektion fällig ist.«

Harold drehte sich abrupt zum Captain um. »Was hast du vor, Boss? Wir müssen den Fund melden!«

»Müssen wir das?«

»Sollen wir das Ding etwa behalten? Was nutzt uns das?«

»Glaub mir, Harold, das da könnte die Fahrkarte in unsere Freiheit sein. Zumindest ist das Teil wertvoller, als es aussieht. Ich werde so etwas nicht den Bürohengsten auf der Erde überlassen. Jedenfalls nicht, ohne es vorher auseinandergenommen zu haben.«

Harold verdrehte die Augen. »Du und deine Hobbys bringen uns noch in Teufels Küche. Die verlängern die Strafen um mindestens fünf Jahre.«

»Nur, wenn wir uns erwischen lassen!«

»Mir bleiben nur noch drei Jahre, danach darf ich wieder zur Erde zurück.«

»Und was dann? Was erwartet dich nach einer abgeleisteten Strafe als Betrüger auf der Erde? Du bekommst einen Platz in einer sozialen Wohneinrichtung. Falls du großes Glück hast, kannst du im Reinigungsdienst arbeiten und defekte Putzroboter reparieren.«

Harold ließ die Schultern sinken und legte die Stirn in Falten. Carl hatte recht. Selbst für Musterbürger gab es praktisch keine Jobs auf dem Planeten, und als ehemaliger Straftäter würde ihn niemand haben wollen. Wenn er also wieder Fuß fassen wollte, war ein Rückfall in die Kriminalität sowieso wahrscheinlich. Warum also nicht gleich hier damit anfangen? »Da ist was dran, Carl! Also, was ist dein Plan?«

»Werde ich eigentlich auch gefragt?«, meldete sich der Doktor.

»Du darfst dich raushalten, falls dir die Sache zu heiß ist. Es gibt keine Spuren, die zu dir führen. Du kannst also sagen, du hättest nichts von alledem mitbekommen. Dieses Angebot werde ich auch Sarah und Robert unterbreiten.«

»Dann bleibt mehr Profit für euch beide? Aber was ist, wenn ich mitmachen will?«

Harold und Carl sahen sich an und zuckten schließlich mit den Schultern.

»Wir sitzen alle im gleichen Boot oder im gleichen Raumschiff, wie man es dreht und wendet«, antwortete Carl. »Unser Profit sollte für fünf Leute groß genug sein.

Wir besprechen das beim Abendessen. Die Überwachung in der Mannschaftsmesse kann ich überbrücken, so können wir ungestört reden. Bis dahin verhaltet euch einfach ganz normal, dann fallen wir nicht auf.«

»Hört sich gut an!« Martin wandte sich erneut den medizinischen Kontrollen zu. »Ich trage jetzt eine Routineprüfung der bildgebenden Medizineinheit ins Protokoll ein und gehe wieder zurück in mein Quartier.«

»Sehr gut!« Carl wandte sich dem Ingenieur zu. »Und du solltest in den nächsten Stunden ein wenig humpeln. Schließlich hast du dir an der Schleuse den Fuß umgeknickt. Es ist unwahrscheinlich, dass jemand die Aufzeichnungen lückenlos überprüft, aber wir bleiben besser bei unserer Cover-Story. Dann kann unser Doktor den Rückweg über die Schleuse antreten, und die Video-aufzeichnung passt wieder.«

»Du hast zu viele Spionagefilme gesehen«, erwiderte Harold und humpelte davon.

10.

»Herr Frost, der Leichenbeschauer ist da. Soll ich ihn reinlassen?«, tönte die Stimme der Sekretärin über Interkom.

Barry schreckte mit weit aufgerissenen Augen von seiner Tastatur hoch und stammelte: »Leichen… was?«

»Sorry, nur ein Witz. Wenn Sie nicht an Langeweile gestorben sind, möchten Sie mit mir zusammen zur Kantine gehen?«

Barry erinnerte sich an den Scherz vom Morgen und musste lächeln. Er hatte ja nicht ahnen können, dass er tatsächlich einmal eine interessante Aufgabe finden würde. Die geplante Verbindung von Audio- und Bildaufzeichnung war nicht so trivial, wie er sich das vorstellte. Er konnte wirklich eine Pause vertragen. »Vielen Dank Teresa, ich komme gleich mit!«

11.

Die Messe des Schiffes war ursprünglich für dreißig Besatzungsmitglieder ausgelegt. Einige Bereiche waren für gemeinsame Gesellschaftsspiele und leichtere Fitnessübungen ausgestattet. Darüber hinaus enthielt der Raum die üblichen Tische, Stühle sowie die Essensausgabe. Hier wurden alle Mahlzeiten eingenommen und auch Besprechungen abgehalten. Allerdings bestand bei einem so kleinen Team nicht oft Bedarf an Versammlungen. Die *Hermes-38* bot nicht viel Luxus, daher gab es keine separaten Räume oder Erholungsbereiche.

Dennoch waren gerade in diesem Raum relativ viele Kameras installiert, was Carl einiges an Mühe kostete. Er liebte die Herausforderung und hatte noch nie davon gehört, dass es vor ihm jemand geschafft hätte, die Videoüberwachung der Strafvollzugsbehörden zu überlisten.

Der Captain entspannte sich gerade bei einem Heißgetränk, das mit viel Wohlwollen als Kaffee durchgehen könnte, als Harold die Messe betrat.

»Können wir ungestört reden?«

Carl nickte. »Alle Kameras und Mikrofone zeigen uns friedlich beim Abendessen und lockerem Smalltalk.«

»Wie machst du das nur?«

»Das musst du nicht genau wissen. Aber erinnerst du dich noch an die Spielekonsole, die du beim Pokerspiel vor vier Monaten an mich verloren hast?«

Harolds Nackenmuskeln spannten sich an. »Wie könnte ich die vergessen? Seitdem muss ich wieder Bücher lesen wie alle anderen hier an Bord.«

»Auf jeden Fall spielt das Grafikmodul eine entscheidende Rolle bei der Simulation unserer Abbilder«, erklärte Carl, während er über beide Ohren grinste.

Die Tür glitt auf, die anderen drei Mitglieder des Teams betraten den Raum.

Sarah stürmte aufgeregt zu Carl. »Was hast du herausgefunden über das Teil, das die Drohne eingesammelt hat?«

Der Captain machte eine beruhigende Geste. »Setzt euch erstmal.« Nachdem sich jeder etwas Essbares besorgt und Platz genommen hatte, begann er mit seiner Erklärung. »Die Ausdrucke der Aufnahmen unseres Doktors hier«, er zeigte auf die losen Blätter, die vor ihm auf dem Tisch verteilt lagen, »ergaben zuerst überhaupt keinen Sinn.«

Martin runzelte die Stirn. »Also war alles umsonst?«

»Langsam! Sie ergaben, wie gesagt, erst einmal keinen Sinn. Die Muster passten zu nichts, was ich kenne. Ich habe schon tausende elektronische Schaltungen analysiert, geknackt, neu verdrahtet und manipuliert. Das hier stammt auf keinen Fall von der Erde!«

Alle am Tisch wandten sich zu Carl und starrten ihn mit weit aufgerissenen Augen an. An Essen dachte jetzt niemand mehr.

Robert fand zuerst die Sprache wieder. »Moment mal! Willst du damit sagen, dass die Technologie außerirdisch ist?«

»Jedenfalls ist dieses Design nichts, was Menschen in den letzten hundert Jahren gebaut haben könnten. Also: entweder außerirdisch oder aus der fernen Zukunft, falls ihr nicht an Aliens glauben wollt.«

»Das passt zum Problem, dass wir das Material nicht zuordnen können«, meinte Sarah.

»Ganz genau! Ich habe die Härte der Oberfläche gemessen, sie ist härter als Diamant!«

Harold, der bis jetzt die Ausdrucke studiert hatte, blickte nun zum Captain. »Du willst damit sagen, es gibt auf der Erde kein Metall oder Kunststoff mit dieser Härte?«

»Korrekt! Ich glaube auch nicht, dass wir es hier mit Schrott zu tun haben.«

»Wie kommst du darauf?«, wollte nun Sarah wissen.

»Ganz einfach: Das, was wir normalerweise einsammeln, ist schon seit Jahren tot. Aber das Ding gibt Energie ab.«

»Energie?«, echote der Ingenieur.

»Wir können natürlich die offiziellen Messgeräte in der Wissenschaftsstation nicht benutzen. Dann würde die

Erdüberwachung feststellen, dass wir etwas Ungewöhnliches untersuchen. Allerdings habe ich mir aus den verfügbaren Bauteilen einen eigenen Frequenzscanner gebaut, mit dem ich ein wenig messen konnte.«

Harold rollte mit den Augen und musste an seine Spielekonsole denken, deren Einzelteile vermutlich ein neues Leben in einem selbstgebauten Scanner fristeten.

Robert, der immer noch mit verwirrtem Gesichtsausdruck über die Ausdrucke schaute, schüttelte den Kopf. »Aber warum soll die Erde nicht erfahren, was wir hier entdeckt haben?«

»Das wollte ich heute mit euch besprechen. Wenn wir uns alle einig sind, könnten wir gemeinsam einen Profit aus dem Fund schlagen. Ich besitze Kontakte zum Technologie-Schwarzmarkt. Dort gibt es Leute, die würden ein Vermögen zahlen, um an eine so fortschrittliche Elektronik zu gelangen. Außerdem glaube ich, diese Technologie kann größeren Profit einbringen als all die kleinen Betrügereien und Manipulationen, für die wir hier unsere Strafe abarbeiten. Damit können wir uns vermutlich alle in einer Luxuskolonie zur Ruhe setzen.

Sollten die Behörden allerdings merken, was wir hier haben, schicken sie vermutlich sofort jemanden hoch, um uns das Gerät wegzunehmen. Dann müssten nicht nur meine ganzen technischen Spielereien an der Videoüberwachung wieder abgebaut werden, wofür ich sicher einen ganzen Tag brauchen würde. Wir verlören auch jede Chance, mehr über das Ding zu erfahren.«

Robert machte ein unglückliches Gesicht. »Also ich weiß nicht, wie es euch geht. Aber ich wurde aufgrund von Steuervergehen verurteilt. Wenn das hier rauskommt, kriegen die uns womöglich wegen Hochverrats dran. Dann kann ich den Rest meines Lebens Schrott katalogisieren – oder noch schlimmer: Man schickt mich auf einen der Jupitermonde in eine Minenkolonie.«

»Deshalb muss das jeder selbst entscheiden, ob er oder sie mitmachen will. Wer jetzt aussteigt behauptet einfach, er habe von nichts gewusst und wird nicht weiter über das Gerät informiert. Sollten die anderen auffliegen, hätte der- oder diejenige die Möglichkeit, sich ahnungslos zu geben. Natürlich gibt's dann auch keine weiteren Informationen, und den Profit teilen die Insider.«

Der Materialverwalter legte die Stirn in Falten.

»Robert, was erwartet dich, wenn du deine Zeit hier abgearbeitet hast? Gehst du dann auf die Erde und eröffnest ein Büro als Steuerberater?«

Die anderen hatten Mühe, nicht laut loszulachen.

Der Franzose überlegte einige Sekunden, dann musste er selbst kichern. »Ich dachte eher an eine Karriere als Unternehmensberater, aber ich sehe, worauf du hinauswillst, Carl. Ich bin dabei!«

»Ich auch, auf jeden Fall!«, rief Sarah in die Runde.

Martin nickte Carl zu. »Wer weiß, wann ihr mal einen Arzt braucht, wenn ihr euch mit außerirdischer Technologie infiziert. Ich mache auch mit!«

»Harold?«

»Mich musst du nicht extra fragen, das Ding ist der ideale Ersatz für die Spielekonsole, die du mir abgeluchst hast. Ich will auf jeden Fall wissen, was da drin ist.«

»Gut, dann sind wir uns einig. Was dabei herausspringt, teilen wir durch fünf. Ich baue uns ein provisorisches Labor im Seitengang zur Drohnenschleuse. Dort sind wir ungestört, weil nur eine Kamera installiert ist. Denkt daran, keine Kommunikation über Interkom, sofern es dieses kleine Projekt betrifft! Ich will nicht, dass auf der Erde irgendwelche Alarme anschlagen, wenn sie diverse Schlüsselworte erkennen. Für die sollte alles hier so aussehen wie die tägliche Routine. Wir müssen also die Analyse des Kästchens in der Freizeit durchführen.«

12.

Die Kantine der Behörde war recht luxuriös ausgestattet, sie erinnerte vielmehr an ein edles Restaurant. Die geschmackvollen Esstische aus Mahagoni-Imitat gaben dem Raum einen sehr edlen Anstrich. Barry nahm gegenüber seiner Sekretärin an einem der kleineren Tische Platz. »Sagen Sie mal, Teresa, haben Sie schon mal das neue Interface zur Programmierung unserer Überwachungs-KI ausprobiert?«

»Noch nie. Warum? Was ist daran so besonders?«

»Ich versuche derzeit, die Auswertung der Aufzeichnungen zu optimieren. Die Module sind um einiges leistungsfähiger als noch vor Jahren.«

»Na ja, die Technik wird immer weiterentwickelt. Aber wieso interessiert Sie das?«

»Aus Langeweile, was sonst?« Barry steckte ein Stück echten Brokkoli in den Mund.

Teresa schüttelte mit einem schelmischen Lächeln den Kopf. »Ihnen muss wirklich langweilig sein.«

»Wussten Sie, dass ich früher mal Software entwickelt habe?«

»Ich hatte keine Ahnung. Warum haben Sie damit aufgehört?«

»Aus dem gleichen Grund, aus dem heute niemand mehr etwas Sinnvolles arbeiten kann. Die große KI hatte alles übernommen. Es gab keine Aufgaben für Softwareentwickler.«

Die Sekretärin blickte den Chef besorgt an. »Und jetzt experimentieren Sie an unseren Systemen herum?«

Barry schüttelte entschieden den Kopf. »Natürlich nicht! Das Programm besitzt abgetrennte Bereiche, eine Art Sandkasten, in dem man keinen Schaden anrichtet. Allerdings kann ich aus den Daten neue Auswertungen erzeugen.«

Teresa atmete sichtlich erleichtert aus. Sie wandte sich wieder ihrem Teller zu, unentschlossen, ob sie ein Stück der echten Tomate oder den Proteinbrei als nächsten Bissen wählen sollte. »Meinen Sie wirklich, Sie könnten irgendetwas besser auswerten als die KI?«

»Vielleicht nicht, aber die KI besitzt keine Fantasie. Vielleicht entdecke ich Aspekte in der Überwachung, die für eine Maschine nicht offensichtlich sind.«

»Aber was passiert dann? Glauben Sie, man gibt Ihnen den alten Job wieder?«, unkte die Sekretärin.

»Das sicher nicht, aber es ist nicht so langweilig, wie den ganzen Tag die Entscheidungen der KI zu bestätigen.«

»Ich schätze, da haben Sie eine nette Aufgabe gefunden. Passen Sie nur auf, dass unser System das nicht auf Ihr Entspannungskonto bucht, sonst kommen Sie hier abends gar nicht mehr raus!«

Daran hatte Barry noch gar nicht gedacht. Er sollte das gleich nachprüfen, wenn er wieder ins Büro kam.

13.

Das provisorische Labor bestand aus einem Tisch sowie einer Sammlung von frei verkabelten Elektronikmodulen, zu denen auch ein Standard-Kommunikationselement gehörte, das mit einer kleinen Antenne für Kurzstreckenfunk verbunden war.

Die Hände in die Hüften gestemmt hatte Harold sich davor aufgebaut und schüttelte langsam den Kopf. »Sag mal Carl, wie viel von dem Schiff hast du eigentlich zerlegt, um dieses Arsenal von Messgeräten zusammenzutragen?«

»Na ja, der größte Teil der Schiffsysteme ist sowieso mehrfach vorhanden. Das fällt gar nicht auf.«

»Lass uns hoffen, dass du recht behältst! Ich möchte nur ungern auf diesem Kahn sterben, nur weil ein Backup-System versagt.«

»Keine Sorge, die sicherheitskritischen Elemente sind noch an ihrem Platz. Die meisten jedenfalls.« Carl konnte ein Grinsen nicht unterdrücken. Natürlich hatte er darauf geachtet, dass wichtige Systeme wie die Lebenserhaltung weiterhin durch Backupmodule gesichert waren. Dennoch existierten auf dem Schiff diverse Messgeräte, die man einfach in Reserve hielt, falls etwas ausfiele.

»Was hast du nun herausgefunden?«, wollte Harold wissen, während die anderen drei sich zu ihnen gesellten.

»Wie gesagt, das Gerät strahlt eine geringe Energie ab. Wenn es ein irdisches Bauteil wäre, würde ich sagen, das Teil verwendet eine Art Funkverbindung im Gigaherzbereich.«

»Du meinst, sowas wie Bluetooth?«

Sarah, die das Kabelgewirr bewundernd betrachtete, blickte auf. »Was bitte ist Bluetooth?«

»Das, mein liebes Engelchen, benutzten die Leute im einundzwanzigsten Jahrhundert für Kurzstreckenkommunikation zwischen zwei Geräten.«

Sarah spürte wieder, wie das Blut in ihr Gesicht schoss, blieb aber zumindest äußerlich ruhig. »Kurzstreckenkommunikation? Hier draußen im Erdorbit? Das ergibt keinen Sinn!«

»Ganz genau!«, bestätigte Carl. »Deshalb habe ich mir die Signale auch näher angesehen. Ihr werdet nicht glauben, was ich herausfand.«

Nun mischte sich auch Martin ins Gespräch ein: »Spann uns nicht so auf die Folter!«

»Es ist ein gewöhnliches Audiosignal!«

Die Umstehenden starrten den Captain mit großen Augen an. Schließlich brach Sarah das Schweigen: »Du willst uns erzählen, das ist ein stinknormales Radio?«

»Was zur Hölle ist jetzt wieder ein Radio?«

»Martin, du solltest wirklich mehr historische Krimis lesen!«, ermahnte Sarah. »Das waren Geräte, die man früher benutzte, um Musik und aktuelle Nachrichten zu hören. Also, bevor alles auf On-Demand Services umgestellt wurde.«

»Man verwendete es damals auch zur Kommunikation, bevor digitales Interkom zur Nachrichtenübermittlung eingeführt wurde«, ergänzte Carl.

»Und was empfängt so ein außerirdisches Radio?«, wollte der Arzt wissen.

»Das versuche ich jetzt gerade herauszufinden. Deswegen solltet ihr alle herkommen.« Carl drückte ein paar Knöpfe und drehte an einem Regler des Kommunikationsmoduls. Aus dem Lautsprecher ertönte ein leises Knacken und Zischen, das zu einem nervigen Pfeifen wurde. Nachdem der Technikfreak eine weitere Einstellung vorgenommen hatte, verschwand der hohe Ton und wurde abgelöst von einem Murmeln. Der Captain ging zu einem anderen Regler und stellte lauter.

»Bitte gehen Sie nicht weg! Wir werden uns in Kürze mit Ihnen in Verbindung setzen. Bitte haben Sie ein wenig Geduld!«

Die fünf Besatzungsmitglieder standen mit offenen Mündern um das Gerät herum und lauschten der Mitteilung, die sich in perfektem Englisch ständig wiederholte.

14. Die neue Software

Semantische Überwachungsanalyse, so wurde das Software-projekt von der KI inzwischen genannt. Offenbar musste Barry einen Nerv getroffen haben, denn das System stufte sein Programm als Angelegenheit mit erhöhter Priorität ein.

So etwas hatte er während der Tätigkeit im Amt noch nicht erlebt. Beschränkte sich seine Aufgabe doch weitestgehend darauf, die Bevölkerung mit Informationen zu versorgen. Das funktionierte im Wesentlichen so, dass er die Nachrichten aus den sozialen Medien filterte und mit einem offiziellen Kommentar veröffentlichte.

Auch dies machte eigentlich die KI automatisch, sie lernte allerdings ständig dazu und verbesserte sich damit selber. Deshalb bekamen Mitarbeiter wie Barry eine gewisse Anzahl an Meldungen ungefiltert vorgelegt. Aus seinen Anmerkungen und Reaktionen bildete die KI neue Strategien.

Die Behörde agierte praktisch als Kurator für die Meinungsäußerungen, die im öffentlichen Datenstrom kursierten. Durch die fortlaufenden Anpassungen hatten die Bürger den Eindruck, dass tatsächlich Menschen auf ihre Sorgen und Nöte reagierten, obwohl es eigentlich Maschinen waren. Die Anfragen, die von der Bevölkerung gestellt wurden, waren sehr unterschiedlich. Einige Bürger beschwerten sich, dass ihre Lieblings-Fernsehserie abgesetzt oder die Lieblingsspeise in der Kantine nicht mehr angeboten wurde. Es gab aber auch sehr ausgefallene Wünsche, wie die Dauer der Schwangerschaft auf drei Monate zu verkürzen. Das war zwar medizinisch möglich, stellte aber einen Verstoß gegen die geltenden Gentherapie-Richtlinien dar, sodass der Fragesteller entsprechend aufgeklärt wurde.

»Sagen Sie mal, Herr Frost«, hatte ihn Teresa einmal während einer der gemeinsamen Mittagspausen gefragt, »wissen das die Leute da draußen nicht sowieso, dass kein Individuum alle diese Meinungen und Fragen kommentieren kann?«

Barry fühlte sich damals ertappt, wusste jedoch, dass seine Sekretärin ihn gern mal mit einem kontroversen Standpunkt aus der Reserve lockte. »Der springende Punkt, liebe Teresa, ist doch, dass jede der Nachrichten von einem Menschen beantwortet sein *könnte*.«

»Weil Sie einige davon persönlich bearbeiten?«

»Natürlich, denn die KI vergleicht ja nur, ob sie nicht ähnliche Anfragen mit meinen Formulierungen beantworten kann.«

»Also ist die KI praktisch ein Klon von Ihrem Gehirn?«

»So weit würde ich nicht gehen, aber vom Prinzip her dürfte das wohl stimmen.« Teresa schaute ihn mit ihrem herausfordernden Lächeln an, sodass er hinzufügte: »Natürlich nur in ganz engen Grenzen. Versteht sich!«

»Natürlich!«, gab Teresa mit breitestem Grinsen zurück.

Die neue Entwicklung, die er selbst ins Rollen gebracht hatte, beunruhigte Barry etwas, doch erfreulicherweise musste er jetzt weniger Routineaufgaben erledigen. Das System wies ihm nur noch E-Mails zur Beantwortung zu, die direkt an ihn adressiert waren. Endlich hatte er wieder eine neue Herausforderung, auch wenn die Vorstellung, dass er gerade daran arbeitete, die totale Überwachung weiter zu perfektionieren, etwas unheimlich war.

15.

»Ich werd' verrückt!« Sarah starrte den Lautsprecher an, als ob dort gleich etwas herausspringen könnte.

Robert stand mit weit aufgerissenen Augen direkt vor der Apparatur. »Das kannst du laut sagen. Wir sind in einer Warteschleife von Außerirdischen gelandet.«

»Da will uns doch jemand verarschen!«, zischte Carl.

Harold runzelte die Stirn. »Entweder das, oder die Erbauer des Gerätes sind irgendwo in der Nähe. Wir warten besser ab, was als Nächstes kommt.«

Martin zuckte nur mit den Schultern. »Hört sich ganz vernünftig an.«

Das letzte Wort sollte der Captain haben. »Also gut. Wir warten! Es sollte ständig einer von uns hierbleiben und die anderen informieren, sobald etwas passiert.«

»Wie machen wir das?«, wollte Sarah wissen.

Carl überlegte kurz. »Ich übernehme die erste Wache. Wenn es Neuigkeiten gibt, schicke ich eine allgemeine Nachricht über Interkom. Irgendwas Unverfängliches. Ihr geht solange wieder den normalen Tätigkeiten nach! Harold löst mich in zwei Stunden hier ab!«

»Zu Befehl, Captain!«, reagierte Harold mit gespielt militärischem Respekt. »Ich glaube zwar nicht, dass wir so schnell etwas erfahren werden, aber man weiß ja nie.«

16.

»Das Prinzip ist eigentlich ganz einfach«, dozierte Dr. Small vor einer Versammlung der Amtsvorsteher. »Das, was unser geschätzter Mitarbeiter Barry Frost hier entwickelt hat, dürfte die Überwachung der Straftäter revolutionieren. Konnten wir bisher Ausschreitungen in den Strafvollzugsprojekten nur über Video- oder Audiomaterial analysieren, ermöglicht das neue System auch die semantische Analyse einer Kombination beider Aufzeichnungen.«

»Was genau bedeutet das, Herr Dr. Small?«, fragte einer der Zuhörer.

»Nun, bislang kann die KI feststellen, ob im Vollzug jemand bedroht oder verletzt wird, weil es im Video deutlich sichtbar ist. In diesem Fall greift die KI sofort ein, schaltet den Angreifer über das implantierte Kontrollgerät kurzzeitig aus und alarmiert einen Mitarbeiter, um die Situation einzuschätzen. Ähnlich geht die KI vor, wenn eine Tonaufzeichnung besonders hohe Stresslevel bei einer Unterhaltung feststellt. Auch hier wird ein

Mensch benachrichtigt, der prüfen muss, ob es ein Problem gibt. Mit den Verbesserungen könnte die KI das Video und den Ton als Kombination analysieren und feststellen, ob ein Detail im Verhalten der überwachten Personen verdächtig erscheint. Das setzt ein gewisses Maß an menschlichem Urteilsvermögen voraus, das wir den Maschinen bisher nicht beibringen konnten.«

»Was wäre das zum Beispiel?«, fragte ein anderer aus der Versammlung.

»Gut, dass Sie fragen. Normalerweise benehmen sich die Subjekte im Strafvollzug genauso, wie man es erwarten würde, da sie wissen, dass sie überwacht werden. Wer also etwas plant, wird möglichst verdeckt agieren und mit seinen Komplizen sprechen. Das neue System soll bereits die Planung einer solchen Aktion erkennen und uns entsprechend alarmieren.«

»Ging das vorher denn nicht?«

»Leider war die Rechenkapazität zu beschränkt, um neben der normalen Auswertung der Stresslevel auch noch die Inhalte der Audiokanäle zu analysieren. Seit einigen Monaten sind die Rechner aber so leistungsfähig, dass viele von ihnen im Leerlauf dahindümpeln, statt konstruktiv zu arbeiten.«

»Das hat Mitarbeiter Frost entdeckt?«

»Nein, nicht entdeckt. Er besaß nur genug Fantasie, um eine sinnvolle Herausforderung für die überschüssige Rechenleistung zu ersinnen. Wenn Sie mich fragen, litt er einfach unter Langeweile und dabei ist ihm dann die Idee gekommen.«

»Das klingt nicht so, als sollten wir den Kerl unbedingt dafür belohnen«, scherzte ein Teilnehmer.

Dr. Small lächelte und fuhr fort: »Genaugenommen wird mehr Arbeit auf unsere Mitarbeiter zukommen, denn das neue System muss natürlich erneut kalibriert werden. Es wird also eine Menge Fehlalarme geben, und die Menschen treffen wieder vermehrt individuelle Entscheidungen.«

»Das klingt nicht nach einer Verbesserung«, meinte ein anderer aus der Runde.

»Auf den ersten Blick haben Sie recht. Die vorläufigen Studien haben allerdings gezeigt, dass die zunehmende Routine die Mitarbeiter abstumpft. Meiner Meinung nach bekommen Sie eher positive Effekte zu sehen, wenn der Mensch wieder mehr gefordert wird.«

»Dann sollten wir darüber abstimmen«, kündigte der Vorsitzende an. »Wer ist dafür, das neue System ab sofort aktiv einzusetzen?«

Sieben Hände gingen nach oben.

»Gegenstimmen?«

Zwei Leute meldeten sich zaghaft.

»Gut, dann ist das beschlossen! Das neue Programm wird morgen ab Mitternacht freigeschaltet.«

17.

Es dauerte keine zwei Stunden, bis der Captain per Interkom verlauten ließ: »Alle Mann zur Drohnenschleuse für eine ungeplante Sicherheitsübung!«

Dem Team war klar, was diese *Sicherheitsübung* bedeutete. Aber konnten die Aliens so schnell einen ersten Kontakt hergestellt haben?

»Wir erwarten Ihre Antwort, sobald Sie einen verantwortlichen Regierungsvertreter für die Kontaktaufnahme verfügbar haben«, hörten sie aus dem Lautsprecher, als sie im Seitengang der Schleuse ankamen. »Wenn Sie bereit sind, sprechen Sie Ihre Audionachricht auf folgender Frequenz.« Es folgte eine längere Zahlenangabe.

Carl regelte die Lautstärke herunter und sah die Teamkollegen an: »Das wird jetzt seit einigen Minuten wiederholt. Offenbar verfügt diese Black-Box über ein kombiniertes Sende- und Empfangsmodul, das auf zwei getrennten Kanälen basiert. Die Frequenz zum Empfang habe ich durch Ausprobieren herausgefunden, als wir die erste Ansage hörten.«

»Das ergibt für Gespräche bei so großen Distanzen keinen Sinn«, warf der Bordingenieur ein. »Normalerweise benutzen wir eine Frequenz, auf der wir wechselweise senden und empfangen.«

Robert zog die Augenbrauen nach oben. »Was meinen die eigentlich mit *Regierungsvertreter*? Glauben die etwa, dass sie mit dem Regierungskomplex der Erde verbunden sind?«

Carl blickte in die Runde und ließ die Frage erst einmal wirken. Langsam dämmerte es den anderen, was der Buchhalter in den Raum geworfen hatte. »Genau das denken die vermutlich, und wir sollten deren

Erwartungen nicht enttäuschen.«

Sarah ballte die Fäuste. »Aber, das ist Betrug!«

Der Ingenieur drehte sich zu ihr um. »Ich weiß ja nicht, warum du hier deine Strafe abarbeiten musst, Engelchen. Jedoch dürfte das wohl das geringste unserer Probleme sein.«

»Jemandem das virtuelle Geld vom Konto zu klauen, ist was anderes, als einer außerirdischen Spezies vorzumachen, wir seien Vertreter der Erdregierung.«

»Sarah hat recht!«, warf Robert ein. »Was wir da machen, ist Hochverrat. Da kommen wir mit ein paar Jahren Schrott einsammeln nicht mehr durch. Das gibt lebenslänglich als Minenarbeiter auf einem Eismond.«

Carl hob beschwichtigend die Hände. »Deswegen werden wir erst einmal darüber schlafen. Die erwarten sicher so schnell keine Antwort. Wer weiß, wie lange eine Nachricht überhaupt unterwegs wäre. Schließlich müssen die ja einige Lichtjahre weit entfernt sein, sonst hätten wir bereits Funksignale empfangen.«

»Trotzdem sollten wir bestätigen, dass wir die Anweisungen erhalten haben«, schlug Harold vor. »Ich gebe das durch! Wir sehen dann ja, wann wieder etwas hereinkommt, sofern das innerhalb unserer eigenen Lebensspanne geschieht. Wir können dann den Fund immer noch den Behörden melden, wenn bis zur nächsten Routine-Inspektion in ein paar Monaten nichts passiert.«

»Gute Idee!«, lobte Carl. »Sprich eine kurze Nachricht ins Mikrofon! Wir lassen uns überraschen, wie es weitergeht.«

Der Ingenieur trat an den Tisch und drückte eine Taste am Kommunikationsmodul. »Hier spricht die Erde. Wir haben Ihre Mitteilung erhalten. Bitte bestätigen Sie, dass die Kommunikation funktioniert.«

»Danke Harold, dann warten wir jetzt ab.«

Gerade hatte der Captain seinen Satz beendet, als es bereits aus dem Lautsprecher tönte: »Ihre Nachricht ist angekommen. Kommunikation funktioniert einwandfrei. Bitte stellen Sie Ihre Fragen! Wir sind gerne bereit, alle offenen Punkte zu beantworten.«

18.

Barry konnte kaum glauben, dass man seine Vorschläge tatsächlich in eine praktische Anwendung umsetzte. Das Beste daran war: Er musste keinen Routinekram mehr bearbeiten.

Seit drei Tagen befasste er sich nun schon damit, die Analysen der KI auszuwerten und eine Menge Fehlalarme aufzuklären. Oft wurden die Dialoge vom Computer missverstanden und als mögliche Verschwörung markiert. Wenn Barry die Aufzeichnung ansah, konnte er problemlos erkennen, dass jemand nur einen Scherz oder eine ironische Bemerkung machte.

Meist ging es um Kritik gegen die Regierung, den Strafvollzug oder einfach nur das schlechte Essen. Barry erkannte, dass seine semantische Analyse ziemlich wertlos wäre, falls er dem Programm nicht ein grundlegendes Verständnis für Humor, Ironie und Sarkasmus beibrächte.

Dennoch stellte er fest, dass die KI schnell dazulernte. Sicher konnte sie die Witze nicht verstehen, die in den Gesprächen gemacht wurden, aber sie war inzwischen schon fähig, irrelevante Bemerkungen auszufiltern. Das System legte ihm ständig neue semantische Analysen vor, die Barry prüfen und bestätigen sollte. Bei der Geschwindigkeit, mit der das Programm lernte, sollte es spätestens in vier Wochen genauso perfekt arbeiten wie bei den bisherigen Auswertungen.

19.

Carl stand mit aufgerissenen Augen und offenem Mund vor dem Gerät. »Wie kann das sein?«

»Ich habe keine verdammte Ahnung!«, antwortete Harold. »Das ist unheimlich! Da sitzt jemand auf der Erde an einem Funkgerät und hält uns zum Narren.«

»Die abgestrahlte Energie ist zu gering. Ein Funksignal vom Planeten hätten die Schiffssensoren entdeckt. Wo diese Stimme auch herkommt, sie wird nicht per Funk an das Gerät übertragen, dafür sind wir hier im Schiff zu gut abgeschirmt.«

»Aber wie …?«

»Ich fürchte, wir werden wohl einfach fragen müssen.«

»Fragen? So in der Art: *Hallo, wer seid Ihr und wo kommt Ihr her?*«

»Na ja, du hast doch gehört. Wir sollen unsere Fragen stellen. Also fragen wir.«

20.

Barry tippte aufs Senden-Symbol des Interkom. »Teresa, würden Sie mir mal bei einer Auswertung helfen?«

»Natürlich gerne, worum geht's?«

»Ich schicke Ihnen eine semantische Analyse auf den Bildschirm. Die KI zeigt mir zu 85% einen Fehler im Ablauf der Ereignisse, und ich finde die Ursache nicht.«

»Das schaue ich mir gerade an. Offenbar ein logischer Bruch zwischen Interkom-Protokoll und Videoüberwachung.«

»Können Sie erkennen, was es ist?«

»Sie sind eindeutig überarbeitet, Herr Frost«, neckte ihn die Sekretärin. »Sehen Sie das wirklich nicht?«

Barry war nicht nur ausgelaugt vom ständigen Starren auf die Videoaufzeichnungen. Nun zog ihn auch noch seine Sekretärin auf, weil er das Offensichtliche nicht erfasste. »Ich glaube, ich brauche dringend eine Pause.«

»Kommen Sie einfach mal raus aus Ihrem Büro! Wir gehen einen Kaffee trinken, dann zeige ich Ihnen, was Sie übersehen haben.«

21.

»Wir beobachten Ihre Erde schon seit siebzig Jahren Ihrer Zeitrechnung«, ertönte es aus dem Lautsprecher. »Das Gerät, das Sie gefunden haben, empfängt ein breites Spektrum Ihrer elektromagnetischen Wellen. Das, was Sie als Funkwellen bezeichnen.«

Martin schauderte. »Nicht zu fassen! Das Alles, nur um schlechte Krimiserien anzusehen?«

Harold warf dem Doktor einen ernsten Blick zu und sprach dann ins Mikrofon: »Warum können wir ohne Zeitverzögerung mit Ihnen sprechen? Sie müssen doch eine recht große Entfernung zu überbrücken haben?«

»Natürlich! Ihr Konzept der elektromagnetischen Wellen beschränkt die Ausbreitung auf eine maximale Geschwindigkeit. Das, was Sie Lichtgeschwindigkeit nennen. Wenn wir also mit Ihren Funkwellen direkt kommunizieren müssten, dauerte ein Weg etwa 38 Jahre.«

»Verdammt!«, zischte Carl durch die Zähne. »Die sind 38 Lichtjahre entfernt. Frag, wieso …«

Noch bevor er den Satz zu Ende bringen konnte, kam auch schon die Erklärung aus dem Lautsprecher. »Sie möchten jetzt vermutlich wissen, wie wir eine so schnelle Kommunikation realisieren können. Die physikalischen Grundlagen sind in Ihrer Zivilisation bereits bekannt. Unser Gerät verwendet zum Datenaustausch sogenannte quantenverschränkte Bauteile. Ein historischer Wissenschaftler mit Namen Albert Einstein nannte das damals: spukhafte Fernwirkung. Ihre moderne Physik konnte die Existenz der Quantenverschränkung später nachweisen. Die Technologie Ihrer Gesellschaft ist allerdings noch nicht soweit, um daraus eine praktische Anwendung zu erstellen. Wir sind hier schon etwas weiter.«

Sarah verdrehte die Augen. »Ich werd' verrückt! Das habe ich schon in der Schule nicht verstanden, und jetzt haben wir ein Gerät, mit dem man über Lichtjahre hinweg telefonieren kann.«

»Telefonieren?«, fragte der Doktor.

»So nannte man früher die Videokonferenzen, nur waren die damals ohne Bild«, erklärte Robert. »Sind wir eigentlich die einzigen, die sich den History-Kanal im Bordvideo reinziehen?«

»Frag nach, wie lange das Ding unterwegs war! Die müssen die Strecke ja irgendwie überwunden haben«, gab Carl die Anfrage an Harold weiter.

»Wie kommt das Gerät in den Erdorbit, und was können Sie zur Flugzeit sagen?«, sprach er ins Mikrofon.

»Unsere Sonde brauchte insgesamt eine Reisezeit von 130 Ihrer Erdenjahre. Sie setzte vor 70 Jahren einige dieser Sensoren in der Umlaufbahn ab und flog dann weiter.«

»Was? Es gibt noch mehr von den Dingern?«

»Wegen der langen Transportzeiten versorgen wir gern jeden interessanten Planeten mit einer Auswahl von Mini-Satelliten, sollte einmal einer ausfallen oder gefunden werden wie in Ihrem Fall. Das passiert nur selten. Die Geräte sind darauf programmiert, allen Lebensformen aus dem Weg zu gehen. Aber dasjenige, das Sie fanden, muss einen Defekt haben. Normalerweise verwenden wir negative Masse, um einen Abstoßungseffekt zu erzielen.«

»Das erklärt, warum unser Fundstück zunächst so schwer war«, sagte Harold. »Offenbar verfügen diese Leute über Technologie zur Manipulation von physikalischer Materie. Deswegen wog das Gerät 68 Kilo und wurde dann ständig leichter.«

»Das alles nur, um Funkwellen zu empfangen?«, sprach er ins Mikrofon.

»Einige sind optische Sensoren, die den Bereich von Infrarot bis Ultraviolett abdecken. So bekommen wir einen Eindruck, wie ein Planet aussieht. Aber der Mini-Satellit, den Sie gefunden haben, ist ausschließlich auf das langwellige Spektrum ausgelegt.«

Carl seufzte erleichtert. »Was ein Glück! So können die uns nicht sehen und hören uns nur, wenn wir das wollen.«

»Das scheint mir auch sehr vorteilhaft.« Ins Mikrofon sagte Harold dann: »Würden Sie uns sagen, wo genau sich Ihr Sonnensystem befindet?«

Nun herrschte eine scheinbar endlose Minute Stille. Als Carl schon anfangen wollte, die Kabel an seiner Bastelei zu prüfen, kam endlich die Antwort: »Wir hoffen auf Ihr Verständnis, dass wir diese Information momentan nicht liefern wollen. Ein Teil der Mission ist festzustellen, ob es bewohnte Planeten gibt, die uns gefährlich werden könnten. Derzeit haben wir uns noch kein vollständiges Bild davon machen können. Aber vielleicht helfen Sie uns, die offenen Fragen zu klären.«

Die fünf Teammitglieder sahen sich ratlos an. Schließlich meinte Sarah: »Was meinen die? Kein vollständiges Bild? Wenn die unser Fernsehprogramm 70 Jahre lang verfolgen, müssten sie schon alles über uns wissen.«

Carl zog die Augenbrauen hoch und legte den Kopf schief. »Ja, Sarah, das wundert mich auch. Harold, versuch mal herauszubekommen, wo bei denen das Problem liegt! Womöglich verraten sie uns ja, welche Informationen noch fehlen.«

»Wie können wir Ihnen helfen?«, fragte der Ingenieur ins Mikrofon.

22.

»Sie sollten wirklich öfter mal eine Pause einlegen«, meinte Teresa. »Die neuen Aufgaben sind wesentlich anstrengender als das, was Sie sonst erledigt haben. Ich will nicht, dass Sie krank werden und ich noch einmal mit einer Vertretung arbeiten muss.«

Barry erinnerte sich, als er das letzte Mal kurzzeitig wegen Krankheit ausfiel. »Sie haben recht, der Kollege hinterließ ein ziemliches Chaos an meinem Arbeitsplatz. Ich finde heute noch Krümel von Kartoffelchips in der Tastatur.«

»Deshalb dürfen Sie ruhig um Hilfe bitten. Sie sollen ja nicht den ganzen Spaß alleine haben«, scherzte die Sekretärin.

Normalerweise durften Sekretärinnen in Projektaufgaben nicht einbezogen werden, allerdings duldete die Amtsleitung so etwas inoffiziell, sofern es der Leistung der Abteilung nicht schadete. Daher hatte Barry schon öfter Teresa um Unterstützung gebeten, falls er einmal nicht weiterkam. »Ich weiß gar nicht, warum mir das nicht gleich aufgefallen ist«, sagte er. »Eigentlich ist es logisch.«

»Sie wissen doch, eine Frau sieht das sowieso viel eher, auch ohne künstliche Intelligenz. Wir sind von der Evolution durch den weiblichen Instinkt bevorzugt, weil wir die Ausreden unserer Männer durchschauen müssen, wenn die mal fremdgehen.«

Barry musste lächeln. Seine Sekretärin erzählte nicht oft von ihrem Privatleben, aber er wusste, dass sie bereits zweimal geschieden war. »Die Nachricht über Interkom an den Schiffsarzt, dass ein Besatzungsmitglied an der Schleuse verletzt sei«, sagte er, »wirkte erstmal ganz unauffällig.«

»Richtig, sowas passiert immer wieder. Der Stresslevel in der Stimme war normal, daher würde das im alten System nicht auffallen.«

»Die neue Software hat die Meldung mit den Videoaufzeichnungen kombiniert und keine Person mit Verletzung an der genannten Stelle finden können.«

»Ganz genau!«, bestätigte Teresa. »Und das ist verdächtig! Warum soll jemand einen Arzt bestellen, wenn niemand ihn braucht?«

»Aber ist das dann schon eine Verschwörung?«

»Das vielleicht nicht, dennoch zeigt es, dass Ihr System besser funktioniert als erwartet.«

»Das stimmt! Ich hätte das wahrscheinlich wieder für einen Fehlalarm gehalten.«

»Und, Herr Frost, was machen Sie nun damit?«

»Ich kann wohl kaum Alarm schlagen, bloß weil ein Arzt unnötig gerufen wurde. Aber wenn Sie Langeweile haben, warum verfolgen Sie die Aufzeichnungen nicht weiter? Ich verlasse mich da ganz auf den weiblichen Instinkt. Vielleicht lösen Sie ja das Geheimnis!«

23.

»Also fassen wir mal zusammen.« Harold saß mit den anderen am Tisch in der Messe. Sie mussten etwas essen, um bei Kräften zu bleiben, schließlich sollten die Routineaufgaben weiterhin erledigt werden. Allerdings hatte niemand wirklich Hunger oder gar Appetit auf die künstlichen Rationen.

»Die Fremden beobachten unsere Fernsehserien, Nachrichtensendungen, Quiz- und Comedy-Shows. Aber sie besitzen keine Fantasie, denn scheinbar können sie Fiktion nicht von Fakten unterscheiden.«

»Ist sowas überhaupt möglich?«, fragte Sarah.

»Warum nicht? Es gab früher mal eine Expedition auf der Erde, die entdeckte ein Volk von Ureinwohnern, die Begriffe wie links oder rechts nicht kannten. Die benutzten ausschließlich Himmelsrichtung für Ortsbeschreibungen«, antwortete Robert.

Harold grinste die beiden amüsiert an. »Wieder ein Punkt für den History-Kanal. Aber wieso sollte sich irgendwo intelligentes Leben entwickelt haben, das abstrakte Konzepte wie Fiktion, Ironie oder Sarkasmus nicht kennt?«

Sarah rollte mit den Augen. »Ist ja klar, dass *du* dir das nicht vorstellen kannst! Die Wissenschaft hat selbst nach so langer Zeit der Hirnforschung nicht verstanden, wie das menschliche Gehirn funktioniert. Niemand weiß genau, warum einige Musiker ein absolutes Gehör haben, andere jedoch nicht. Außerdem gibt es selbst unter Menschen einen gewissen Prozentsatz, der Ironie nicht versteht. Warum soll sich auf anderen Planeten nicht auch eine andere Form von Gehirn entwickelt haben?«

»Wir spekulieren hier natürlich nur«, verkündete Carl. »Aber diese Aliens scheinen uns um einige hundert Jahre voraus zu sein, zumindest was die Technik anbelangt.«

»Ich sag ja, ohne Hollywood hätte sich die Menschheit viel schneller entwickelt«, scherzte der Doktor.

Niemand lachte.

Der Captain griff den Gedanken wieder auf: »Falls die uns wirklich als Bedrohung betrachten, müssen wir das sehr ernst nehmen. Wer weiß, was die mit uns machen können, wenn sie schon unbemerkt Sonden und Sensoren herschicken, die auch noch in Echtzeit mit ihnen kommunizieren.«

»Aber wie lange würden die brauchen, sollten sie uns angreifen wollen? Nochmal 130 Jahre?«, wollte Robert wissen.

Harold zuckte ungläubig mit den Schultern. »Ich glaube, die erzählen uns nicht alles. Wer garantiert uns denn, dass die nicht bereits mit großen Raumschiffen unterwegs sind? Wer schickt schon Sonden, nur um Fernsehsendungen zu überwachen?«

»Und schlechte noch dazu«, versuchte der Doktor, erneut lustig zu sein.

Ohne Erfolg.

»Wir sollten darüber schlafen und danach entscheiden, welche Informationen wir denen geben. Davon könnte abhängen, ob wir von einer Invasionstruppe überrollt werden, oder ob die sich das zweimal überlegen, uns anzugreifen«, schlug Carl vor.

Sarah starrte ungläubig in die Gruppe. »Aber wer sagt denn, dass die uns angreifen wollen?«

Carl zog die Augenbrauen hoch, sodass seine braunen Augen stechend hervortraten und schüttelte mitleidig den Kopf. »Sag mal, Mädel! Was sagt uns die Erdgeschichte der vergangenen Jahrhunderte über den Kontakt von Kulturen mit unterschiedlichen Machtverhältnissen?«

Sarah, die schon wieder einen roten Kopf bekam, verdrehte die Augen. »Ach ja, die Indianer und die Maya und die ganzen anderen Kulturen, die wir ausgerottet haben! Aber warum sollte diese Spezies nicht anders denken als wir Menschen?«

»Würdest du deine Freiheit oder gar dein Leben darauf verwetten, nur aufgrund einiger kurzer Gespräche?«

»Immerhin waren sie mit ihren Informationen recht freigiebig.«

»Und der weiße Mann hatte auch immer einen Sack mit Glasperlen dabei! Was meinen die anderen?« Carl blickte auffordernd in die Runde.

Harold reagierte zuerst. »Also, ich muss dem Captain recht geben. Wenn eine Spezies technisch so weit fortgeschritten ist, hat die Menschheit sowieso kaum eine

Chance, sich zu verteidigen. Selbst wenn sie erst einmal friedliche Absichten hätten, könnte sich das in Zukunft leicht ändern.«

»Das sehe ich ganz genauso!«, bestätigte Robert.

Carl nickte in die Runde. »Ich denke mal, damit hätten wir wohl einen Mehrheitsbeschluss.«

24.

»Sehen Sie, Herr Frost! Hier läuft dieser Mann ohne Probleme und trifft den Doktor an der Schleuse. Später zieht er das Bein nach wie bei einem verletzten Fuß. Da passt etwas nicht zusammen!«

»Das ist gut beobachtet, Teresa! Aber ich kann deswegen kein Inspektionsteam hinschicken. Denken Sie an die Kosten! Am Ende ist es doch nur ein Missverständnis.«

»Dann sollten wir die Sache weiter beobachten.«

»Wir?«

»Na ja, Sie wissen, was man sagt: Vier Augen sehen mehr als zwei. Außerdem: Was wäre wohl besser ge-eignet, Ihr neues Verfahren zu testen, als dieses Rätsel zu lösen?«

Barry überlegte kurz. »Sie haben recht. Ich veranlasse, dass der Computer Ihnen vollen Zugang gibt. Vielleicht entdecken Sie ja nochmal einen ähnlichen Fall.«

25.

»Also, hier ist mein Plan: Obwohl unsere galaktischen Freunde alle Fernsehserien der Erde kennen, wissen sie nicht mit Gewissheit, ob die dort gezeigten technischen

Errungenschaften echt sind oder nur eine Ausgeburt der Fantasie«, erklärte Carl.

»Was uns zu dem Schluss kommen lässt«, ergänzte Harold, »dass selbst die schlecht gemachten Scifi-Serien unsere Gesprächspartner am anderen Ende verunsichern.«

»Weil sie nicht sicher sind, ob wir wirklich über Strahlenwaffen verfügen?«, fragte Sarah.

Carl nickte. »Korrekt! Das können wir zum Vorteil nutzen. Wir wissen zwar nicht, wie stark sie bewaffnet sind, aber falls sie eine starke Gegenwehr erwarten, werden sie vermutlich nicht angreifen. Zumindest noch nicht so bald.«

Robert schaute ziemlich betroffen aus der Wäsche.

»Du bist nicht einverstanden, Robert?«, fragte der Captain.

»Sollten wir das entscheiden? Was, wenn wir das Gegenteil erreichen? Ist das nicht Aufgabe der Regierung?«

»Die Regierung? Wie stellst du dir das vor?« Carl hatte sichtlich Mühe, Ruhe zu bewahren. »Sollen wir den Behörden sagen, dass wir einen Erstkontakt mit einer außerirdischen Spezies aufgenommen haben? Dass die uns versehentlich als die offiziellen Vertreter der Menschheit ansehen?«

»Warum sollten sie?«

»Die Aliens kennen nur Harolds Stimme und vermuten, dass er ein Repräsentant der Erde ist. So, wie der Gesprächspartner am anderen Ende für uns die Fremden repräsentiert. Mal abgesehen von der Verwirrung, die wir dort auslösten, wenn die erführen, dass sie mit einer Strafkolonie von Verbrechern gesprochen haben, was hätten wir von der Regierung wohl zu erwarten?«

»Was meinst du?«

»Na ja, die werden uns sicher nicht belobigen, weil wir schon mal den Kanal warmgesprochen haben, bis der Präsident auch mal ans Mikrofon darf.« Carl schaute Robert herausfordernd an und schien auf eine Reaktion zu warten.

Roberts Gesicht verzerrte sich zu einer Fratze, die an ein kleines Kind erinnerte, das gerade ein Monster unterm Bett gefunden hatte. »Die klagen uns wegen Hochverrat an!«

»Endlich hat er es verstanden«, sagte Carl und wandte sich nun an die anderen im Raum. »Solange die Fremden uns für eine ernste Bedrohung halten, werden sie keine Invasionsflotte auf gut Glück schicken. Schließlich können wir ein ganzes Mutterschiff mit einem *Graviton Emitter* in tausend Stücke brechen.«

»Graviton Emitter?«, platzte der Doktor heraus. »Wie in dieser schrecklich schlecht gemachten Weltraumserie? Das ist doch reine Fantasie!«

»Das wissen die aber nicht. Lassen wir sie im Glauben, dass es auf realen Tatsachen beruht. Ich schlage vor, denen das so zu verkaufen: Science-Fiction beschreibt unsere Gegenwart, dafür sind die aktuellen Nachrichten Bestandteil eines historischen Bildungsangebotes. Klingt das plausibel?«

Carl schaute in die Runde und sah alle vier langsam mit den Köpfen nicken.

26.

Sarah und Robert gingen wieder ihrer Arbeit nach. Durch die Entwicklung um das Fundstück waren beide ziemlich aufgewühlt, dennoch versuchten sie, es sich nicht anmerken zu lassen. Schließlich sollte das Tagesgeschäft weiterhin routinemäßig ablaufen.

»Sarah, kannst du mir mal helfen?«, rief Robert aus der hinteren Ecke. Dort arbeiteten die Maschinen, die den groben Schrott zerkleinerten und verdichteten, damit er später mit einer Transportdrohne zur nächsten Minenkolonie befördert werden konnte.

Sarah lief durch den großen Raum, den alle *Inventur* nannten. Sie wunderte sich, warum Robert gerade dort hinten ihre Hilfe brauchte. »Was gibt's denn Robert?«

»Ich muss etwas mit dir besprechen, und hier dürfte uns die Überwachung nicht so leicht erfassen.«

Das stimmte. Die Maschinen waren nicht übermäßig laut, aber sie erzeugten ein hörbares und rhythmisches Geräusch, das es der Überwachungskamera erschwerte, das Gespräch zu verfolgen. »Du bist mit Carls Entscheidung nicht einverstanden?«, flüsterte Sarah.

»Ganz richtig! Wir landen alle in den Kobaltminen auf Ganymed, sollten wir uns an dieser Verschwörung beteiligen.«

»Übertreibst du da nicht etwas? Verschwörung?«

»Sarah! Das sind außerirdische Lebensformen. Eine intelligente Spezies, die uns technisch überlegen ist. Wenn die mit uns Kontakt aufnehmen können, und sei es auch nur, weil wir versehentlich ihren Fernsehempfänger gefunden haben, dann finden sie irgendwann eine Möglichkeit, die Erdregierung zu kontaktieren.«

»Na und?«

»Na und?« Robert musste sich beherrschen, nicht loszubrüllen und den Überwachungsalarm auszulösen. »Was glaubst du wird passieren, wenn herauskommt, dass wir schon mit den Aliens gesprochen haben?«

Sarah überlegte und kam zum Ergebnis, dass Robert hier ein gutes Argument auf seiner Seite hatte. »Was schlägst du vor?«

»Ich will Kontakt zu meinem Betreuer aufnehmen und ihm die ganze Sache berichten.«

»Das wird den anderen nicht gefallen!«

»Das weiß ich! Aber ich schätze dich als Kollegin und glaube, dass du auch kein Interesse an einem Job in den Kobaltminen hast. Vielleicht können wir sogar eine Strafminderung herausschlagen, wenn wir kooperieren. Ich muss nur wissen, ob du auf meiner Seite bist.«

Sarah geriet damit in eine verzwickte Situation. Sie mochte Robert und konnte sich vorstellen, dass auch er Sympathien für sie hegte. Andererseits wollte sie nicht gegen die Teamkollegen arbeiten. Sobald herauskam, dass einer aus der Gruppe geplaudert hatte, würde man Jagd auf sie machen.

Obwohl es praktisch unmöglich schien, jemanden zu verletzen oder gar zu töten, ohne dass die ständige Überwachung das verhinderte, passierten doch immer wieder Unfälle. Wenn sie an all die überbrückten Überwachungsschaltungen dachte, könnte eigentlich niemand an Bord mehr sicher sein. »Du weißt, dass Carl Überwachungskameras beliebig deaktivieren kann? Ist dir klar, was du für ein Risiko eingehst?«

»Das weiß ich! Deshalb muss ich das auch meinem Betreuer berichten. Sie werden ein ungeplantes Inspektionsteam ohne Ankündigung schicken müssen, um alle zu überraschen.«

»Wie wahrscheinlich wäre das? Denk mal an die Kosten für so eine Aktion!«

»Aber schließlich haben wir Kontakt zu einer außerirdischen Intelligenz!«

»Ja schon, aber wird man dir das abkaufen?«

»Deshalb brauche ich deine Hilfe. Wenn du meine Aussage bestätigst, habe ich eine bessere Chance, dass man mir glauben wird.«

»Das können wir nur hoffen«, erwiderte Sarah.

27.

Barry hatte inzwischen alle relevanten Videoaufzeichnungen der *Hermes* aus den letzten zwei Wochen im Schnelldurchgang angesehen. Seine Sekretärin half dabei, so gut sie konnte, schließlich musste sie auch noch die eingehenden Standardanfragen beantworten, die sonst ihr Boss erledigt hatte.

Bis auf den einen Fall mit dieser angeblichen Verletzung konnten sie nichts finden. Barry wollte die Sache schon als Scherz abtun, den der Captain dem Bordarzt gespielt hatte. Allerdings passte auch das nicht in eine logische Struktur, denn auf den nachfolgenden Videos war zu sehen, dass der Bordingenieur eindeutig ein Bein nachzog. Es musste also doch etwas vorgefallen sein!

Die Protokolldatei zeigte, dass die Krankenstation für den fraglichen Zeitraum nur eine Routineprüfung eingetragen hatte. Offenbar führte der Arzt nach dem vermeintlichen Scherz einen Routinetest des Röntgengerätes durch.

Barry ging weiter zurück in den Aufzeichnungen und wies die KI an, alle ungewöhnlichen Dialoge des gleichen Tages zu suchen. Die Auswertung ergab nur einen möglichen Treffer mit einer 40%igen Wahrscheinlichkeit: In der Inventur meldete Häftling Sarah ein Problem mit dem Materialscanner. Sie verlangte per Interkom ein Ersatzgerät. Soweit nicht bemerkenswert. Allerdings hatte sie auch nach dem Captain gefragt, was bei einfachen technischen Anforderungen nicht üblich war.

Die weitere Verfolgung dieser Aufzeichnung zeigte jedoch, dass danach nichts passierte. Also wirklich: nichts. Weder erschien der Bordingenieur noch ihr Captain. Stattdessen wurde die Arbeit normal fortgesetzt.

»Computer. Analysiere die Überwachung von Zeitindex 9:35 bis 9:55 und von 10:05 bis 10:25«, wies Barry die KI an. In der ersten Spanne hatte Sarah die

Nachricht per Interkom abgesetzt, bei der zweiten hätte der Bordingenieur eigentlich dort eintreffen müssen.

»Analyse läuft«, meldete der Rechner. Nun konnte Barry zunächst einmal andere Aufgaben bearbeiten. Es war völlig unklar, wann die Auswertung beendet wäre, aber er rechnete mit einigen Stunden. Er hoffte nur, dass die Aktion ein Ergebnis brächte, schließlich verschwendet er gerade Rechenzeit in einem der schnellsten und teuersten Rechenzentren der Erde.

28.

»Was hältst du von den anderen, Harold?«, fragte Carl.

»Die scheinen mir etwas ängstlich. Ist allerdings nicht so ungewöhnlich bei Kleinkriminellen, die den Strafvollzug noch nicht so lange kennen wie wir. Warum fragst du?«

»Ich weiß nicht, ob man denen trauen kann. Dieser Robert macht mir den Eindruck, als ob er für einen Straferlass so einiges tun würde.«

»Straferlass? Wann gab es so was in den letzten hundert Jahren?«, prustete der Ingenieur.

»Eben! Aber mit einer Story über Außerirdische könnte man sich wohl gute Chancen ausrechnen. Glaubst du nicht?«

»Wir sollten ihn auf jeden Fall beobachten. Kannst du die Überwachungskameras hacken, damit wir ihn im Auge behalten können?«

»Nein, leider nicht. Meine Möglichkeiten beschränken sich darauf, eine Endlosschleife oder künstlich generierte

Szene ins System einzuspielen. Zum Auslesen der Überwachung braucht man aber Zugriff zum zentralen Kontrollmodul.«

»Ist das schwieriger als beim Auto-Control? Den hast du doch schon geknackt.«

»Auto-Control verwendet nur eine einfache Zugangsbeschränkung sowie eine Notfallüberbrückung, damit man im Notfall den Autopiloten abschalten kann. Durch diesen Umweg bekomme ich leicht Zugang.«

»Und das zentrale Kontrollmodul?«

»Das ist dreifach gesichert, schon aus Datenschutzgründen. Die Auswertung wird ausschließlich über die KI durchgeführt, selbst die Regierungsmitarbeiter benötigen eine einzelne Freigabe jeder Überwachungssequenz.«

»Ein Hoch auf den Datenschutz«, lachte Harold, doch Carl fand die Vorstellung nicht lustig.

»Zumindest hilft es, unsere Aktionen vor der Erde geheim zu halten. Die KI versteht nicht, worüber sich die Leute unterhalten, sie soll ja nur verhindern, dass sie sich gegenseitig totschlagen.«

»Also, was machen wir?«

»Wir gehen erstmal davon aus, dass alle mitmachen. Aber wir sollten darauf achten, ob sich jemand komisch benimmt. Ein kleiner Tipp an den persönlichen Betreuer reicht vermutlich schon, dann ist hier die Hölle los.«

Harold runzelte die Stirn. »Sag mal, glaubst du wirklich, dass jedem der Straftäter ein eigener Betreuer zugewiesen wird, wenn wir uns über die persönliche

Leitung zur Erde melden?«

»Natürlich sind das keine Menschen, sondern KI-Einheiten, die so tun, als ob sie Individuen wären. Aber die leiten wichtige Ereignisse an einen echten Mitarbeiter weiter, wenn sie es für notwendig halten.«

»So was Wichtiges wie – Außerirdische?«

»Genau! Weil dann der Straftäter entweder in psychiatrische Einzelhaft gesteckt werden muss, oder sie schicken ein Team direkt zu uns, um nach dem Rechten zu sehen.«

29.

»Computer! Stelle eine Verbindung zur Erde her!«, forderte Robert.

»Kontakt wird hergestellt, Sie werden mit Ihrem persönlichen Betreuer verbunden.« Der Rechner musste nicht nachfragen, da jegliche Kommunikation auf einen Ansprechpartner beschränkt war. Falls einmal ein Gefangener mit seiner Familie sprechen wollte, wurde er oder sie entsprechend weitergeleitet, sofern die Behörde das genehmigte.

»Guten Morgen Häftling Robert, was kann ich für Sie tun?«, ertönte eine freundliche Stimme aus dem Computer. Robert wusste, hier sprach eine künstliche Intelligenz, daher musste er versuchen, möglichst bald einen echten Menschen auf sich aufmerksam zu machen.

»Ich melde einen Sicherheitsverstoß auf unserem Schrottsammler.«

»Welche Art von Sicherheitsverstoß?«

Robert überlegte. Dass Carl die Videoüberwachung austricksen konnte, fand man bestimmt alarmierend, aber reichte das aus, um größeres Interesse zu wecken? Das Ergebnis wäre ein Bericht an ein Inspektionsteam, das sich beim nächsten Routinebesuch die Anlagen genauer ansähe. Also musste er gleich mit der gravierenden Schlagzeile auftrumpfen. »Das Team entdeckte eine Vorrichtung, die von einer außerirdischen Intelligenz stammt.«

»Definieren Sie außerirdisch! Gehört diese Vorrichtung zu einem der Außenposten auf den Jupitermonden?«

»Negativ. Es ist keine Spezies aus unserem Sonnensystem.«

Die nun folgende Pause schien etwas länger, als Robert sie von der üblichen Funkverbindung kannte. Er hoffte, dass die KI nun einen menschlichen Operator hinzuzöge. Leider fiel die Antwort nicht zufriedenstellend aus.

»Es ist keine Spezies bekannt, die außerhalb des Systems der Erde angesiedelt ist. Eine erste Analyse ergibt, dass Sie einem Scherz zum Opfer fielen.«

»Das dachte ich ursprünglich auch, aber das Gerät besitzt eine außergewöhnliche Härte und ist mit unserem Materialscanner nicht zu analysieren.«

»Wir haben keine Protokolle diesbezüglich erhalten. Wann sagen Sie, haben Sie es gefunden?«

Robert hatte noch gar nicht erwähnt, wie lange sie das Ding schon unterschlugen. Die KI schien gut programmiert, vermutlich wurde in dieser kurzen Sendepause auf ein erweitertes Modul umgeschaltet. Solche Programme setzte man für Verhöre ein, was Robert ein wenig Hoffnung gab, doch ernst genommen zu werden. »Die Besatzung hält den Fund geheim. Ich und meine Kollegin Sarah beantragen, dass wir als Informanten besonderen Schutz erhalten.«

»Schutz wovor?«

»Den Kollegen wird es nicht gefallen, dass ich diesen Anruf tätige. Ich fürchte, mir könnte etwas zustoßen, sobald sie das erfahren.«

»Keine Sorge, unser Gespräch wird vertraulich behandelt. Außerdem sorgt die lückenlose Überwachung dafür, dass niemand verletzt wird.«

»Das funktioniert nur, wenn die Videoanlage nicht manipuliert wurde«, platzte Robert heraus.

Es folgte erneut eine längere Pause. Nach etwa zwei Minuten hörte Robert, wie sich seine Eingangstür verriegelte. Dann ertönte ein schiffsweiter Alarm. »Sicherheitsalarm! Isolationssequenz eingeleitet. Alle Häftlinge bleiben bis auf weiteres in ihren Quartieren.«

30.

Barry analysierte gerade einen Dialog, welcher in einer Strafkolonie auf dem Erdmond aufgezeichnet worden war. Auch hier musste er wieder ironische Kommentare entschärfen, die das Programm als mögliche Morddrohungen interpretierte. Die Fehlalarme wurden weniger, aber er fand die ständige Konzentration auf diese

Dinge dennoch anstrengend.

Er wollte den Rechner schon anweisen, eine weitere Entspannungsrunde zu starten, da ertönte ein Alarmton.

»Dringlichkeitsmeldung, oberste Priorität. Bitte bestätigen!«, meldete ihm der Computer.

»Bestätige Empfang. Bitte durchstellen!«

»KI-Einheit 315483 Direktkommunikation wird eingeleitet.«

So etwas hatte Barry in seiner Laufbahn noch nicht erlebt. Normalerweise wurden selbst Meldungen mit höchster Priorität lediglich als Text- oder Sprachnachricht an ihn weitergeleitet. Dass eine KI-Einheit direkt mit ihm kommunizieren wollte, war äußerst ungewöhnlich.

»Hier spricht Barry Frost, was kann ich für Sie tun?« Auch wenn die KI-Einheiten nur ein Teil der großen KI im Gesamtsystem darstellten, behandelte man sie wie reale Menschen. Barry glaubte manchmal, sie hielten sich selbst für Lebewesen.

»Herr Frost, danke, dass Sie Zeit für mich haben.« *Wieder so eine unnötige Floskel, die man der KI einprogrammierte, um sie menschlicher erscheinen zu lassen.* »Ich unterhalte mich gerade in Echtzeit mit einem Häftling auf der *Hermes-38*, welches für das Projekt *Weltraumschrott* abgestellt ist. Dieser Dialog löste einen internen Sicherheitsalarm aus, der mit Ihrem Softwareprojekt in Zusammenhang steht.«

»Inwiefern?«

»Das System konnte einen Querverweis herstellen mit einer semantischen Ungereimtheit, die von Ihnen noch nicht freigegeben wurde.« Auf Barrys Bildschirm erschienen eine Videosequenz sowie ein Dialogtext, die ihm bekannt vorkamen.

»Ich bin mit dem Vorgang vertraut. Welche Zusatzinformationen haben Sie erhalten, die eine Dringlichkeitsmeldung rechtfertigen?«

»Häftling Robert erwähnte mir gegenüber, dass die Videoüberwachung auf der *Hermes-38* manipuliert sein könnte.«

»Ich dachte, das wäre unmöglich!«

»Es ist extrem unwahrscheinlich, Herr Frost. Allerdings werden auf einigen alten Schiffen noch Überwachungssysteme der Sicherheitsstufe 3 eingesetzt, die eine Manipulation nicht vollständig ausschließen können.«

Für Barry ergab das Sinn. Die Schrottsammler bewegten sich im erdnahen Orbit und wurden mit einer kleinen Besatzung bemannt. Natürlich kamen hier auch ältere Systeme zum Einsatz, denn die Schiffe funktionierten voll automatisiert und konnten kaum Schaden anrichten. Außerdem arbeiteten dort nur Häftlinge, die keine Gewaltverbrechen zu verantworten hatten. Die teuren Überwachungsanlagen setzte man in den Massenlagern ein, beispielsweise auf dem Mond. »Haben Sie Hinweise auf Manipulation?«

»Das System analysiert die Aufzeichnungen der letzten acht Tage mit erhöhter Priorität. Ich empfehle Ihnen jedoch, bis zur vollständigen Klärung einen Sicherheits-Lockdown zu verhängen.«

Ein Lockdown galt als ziemlich extreme Maßnahme. Barry musste wohl auf die Mittagspause verzichten, um die Sache möglichst schnell zu klären. Immerhin sollte er entscheiden, ob ein außerplanmäßiges Inspektionsteam starten musste oder ob das Problem aus der Ferne geklärt werden konnte. »Wie ist der Status der Mannschaft?«

»Die Besatzungsmitglieder befinden sich in ihren Quartieren. Ich habe bereits eine vorläufige Isolation gemäß Protokoll 33b eingeleitet, sodass niemand sein Quartier verlassen kann. Bis auf den Häftling Robert, der gerade mit mir kommuniziert, schlafen alle noch.«

»Wann wäre die planmäßige Inspektion?«

»In drei Monaten und vier Tagen ist ein Rundflug von Inspektoren geplant, bei dem unter anderem dieses Schiff kontrolliert werden soll.«

»Welches ist der nächste Raketenstart, den wir für eine Inspektion verwenden können?«

»In zwei Tagen sollen drei neue Satelliten in den Orbit gebracht werden. Den Transport können wir entsprechend umrüsten, sofern wir die Firma angemessen entschädigen.«

Barry dachte kurz nach. Das konnte teuer werden. Die Entschädigungszahlungen für solche Transportverträge waren bewusst sehr hoch angesetzt, weil die Firmen unter starkem Konkurrenzdruck standen. Ein nicht ausgesetzter Satellit bedeutete teilweise Umsatzausfälle in Millionenhöhe. Das musste er berücksichtigen. Dennoch durfte er das Risiko nicht eingehen, dass etwas auf diesem Schiff vor sich ging. Wenn tatsächlich jemand die

Echtzeit-Überwachung manipulieren konnte, wäre es auch möglich, dass die Straftäter das Schiff übernehmen könnten. Notfalls würde er den Lockdown wieder aufheben, falls es sich als ein Missverständnis herausstellte. »Also gut, ich autorisiere hiermit den Lockdown, vorausgesetzt die Besatzung ist bis zum Eintreffen eines Inspektionsteams außer Gefahr.«

»Alle können mehrere Wochen in ihren Quartieren überleben. Das Schiff funktioniert einwandfrei mit Autopilot, und die Schrottsammlungen werden bis auf Weiteres ausgesetzt.«

»Dann aktivieren Sie bitte den Lockdown!« Die Häftlinge würden jetzt für einige Zeit auf ihre Quartiere beschränkt sein. Nahrung und Wasser lieferte das automatische Transportsystem, jedoch könnten sie nicht untereinander kommunizieren. Immerhin gab diese Maßnahme dem Mitarbeiter für Strafvollzug Gelegenheit, mögliche Manipulationen aufzudecken, sofern es welche gegeben hatte.

31.

»Verdammt!«, Carl schreckte von den Messgeräten auf.

Harold blickte sich hektisch um. »Was soll das bedeuten?«

»Offenbar ist die Erde irgendwie dahintergekommen, dass hier etwas nicht stimmt. Jemand hat einen Lockdown ausgelöst.«

»Und was heißt das jetzt für uns?«

Carl überlegte einen Moment. Er kannte die Protokolle der im Strafvollzug eingesetzten KI-Einheiten nur zu gut. Die automatisch ausgelöste Isolation konnte von der Intelligenz des Schiffes ausgelöst werden, wenn Gefahr im Verzug war. Es musste etwas vorgefallen sein, dass der KI diesen Eindruck vermittelte. »Wir können hier nicht mehr weg. Laut Überwachung liegen wir noch schlafend in den Quartieren und da sollten wir auch bleiben«, erläuterte er schließlich, während er eine Abdeckplatte in der Wandverkleidung lockerte.

»Was hast du vor?«

»Die Kameras sind ja nicht überall. Durch den Wartungsschacht haben wir einen Zugang zur Brücke. Dort kann ich feststellen, durch wen oder was die Erde alarmiert wurde.«

Damit verschwand der Captain in der Luke. Harold folgte ihm, sie kamen im Kriechgang nur langsam voran.

»Hey, Carl! Wenn ich die Struktur des Schiffs richtig im Kopf habe, hätten wir eben rechts abbiegen müssen.«

»Stimmt! Aber wir machen einen kleinen Umweg. Wir werden erst die Brückenkamera austricksen, sonst sehen die uns ja gleich, sobald wir dort aus der Wand klettern.«

Harold wusste nicht, ob er diesen Mann noch mehr bewundern oder Angst vor ihm haben sollte. Kein normaler Mensch dachte sich so viele Hintertüren aus wie dieser Cyberkriminelle. Das grenzte schon an Paranoia. Immerhin hatten sie noch eine realistische Chance, dass ihr Projekt nicht von der Erdkontrolle entdeckt wurde.

An der Abzweigung für einen größeren Kabelkanal hielt Carl an. »Dauert einen Moment. Ich muss nur die Videoschleife einbauen.«

Aus der Tasche zog er ein kleines Modul, das Harold sofort als Bauteil seiner geliebten Spielekonsole wiedererkannte. Das Technikgenie verband einige der heraus ragenden Metallkontakte mit einem losen Stecker, welcher offensichtlich nachträglich an einem der zahlreichen Kabel angebracht worden war. *Wann hatte der Kerl Zeit gehabt, überall diese Manipulationen anzubringen? Gab es überhaupt einen Teil des Schiffes, den Carl nicht manipuliert hatte?*

32.

Robert wusste in dem Augenblick, als die Verriegelung der Türe klickte, dass er einen großen Fehler gemacht hatte. Jetzt würde er mit Sicherheit auffliegen, und wer weiß, wie die anderen auf den Verrat reagierten. Also musste er absichern.

»Ich beantrage Schutz!«, rief er in den Kommunikator.

»Bitte verhalten Sie sich ruhig!«, beschwichtigte die KI. »Sie werden mit einem Mitarbeiter der Strafvollzugsbehörde verbunden.«

Robert traute seinen Ohren kaum. Ein Mitarbeiter? Er konnte tatsächlich mit einem echten Menschen sprechen? Er hatte noch nie von einem solchen Fall gehört.

»Guten Tag, mein Name ist Barry Frost. Ich bin Ihnen als zuständiger Sachbearbeiter zugewiesen worden. Sie sollten mir jetzt ganz genau erzählen, was Sie wissen!«

»Herr Frost, ich benötige Schutz. Sobald die Teamkollegen herausfinden, dass ich es war, der Sie alarmiert hat …«

»Wir haben die Situation inzwischen analysiert und sind uns Ihrer Lage bewusst.«

»Meine Kollegin Sarah und ich waren von Anfang an nicht damit einverstanden, das Gerät der Erde vorzuenthalten, und wir hoffen, unsere Kooperation wird entsprechend gewürdigt. Außerdem befürchten wir, uns könnte etwas zustoßen, wenn der Captain und der Bordingenieur erfahren, dass wir gegen sie ausgesagt haben.«

»Wir werden das berücksichtigen. Sie erwähnen da ein Gerät. Um was genau handelt es sich dabei? Lassen Sie sich nur Zeit. Augenblicklich sind alle Besatzungsmitglieder auf die Quartiere beschränkt, also kann Ihnen nichts passieren.«

Robert beruhigte diese Aussage gar nicht. Schließlich wusste er, dass Carl die Überwachung manipulierte. Zwar konnte er nicht sagen, wo dieser sich genau aufhielt, bezweifelte aber, dass er in seinem Quartier war.

»Erzählen Sie mir bitte von Anfang an, was vorgefallen ist!«, tönte Barrys Stimme aus dem Kommunikationsgerät. Robert fing an zu reden.

33.

Nachdem sie auf der Brücke angekommen waren, begann Carl sofort, das Schaltpult für die Kommunikation auseinanderzunehmen.

»Harold, reich mir doch mal bitte den Werkzeugkoffer aus der Notfallbucht!«

In einem Schiff dieser Größe wurden überall Notfallkoffer mit den nötigsten Werkzeugen und Messgeräten deponiert. Das sollte verhindern, dass ganze Mannschaften bei technischen Problemen eingeschlossen wurden, weil die Türen nicht mehr reagierten.

Harold holte den Koffer aus der dafür vorgesehenen Haltebucht und stellte ihn neben Carl an die Konsole.

»Weißt du«, dozierte der Captain, »das Praktische an der Erdbürokratie ist, dass jede Kommandoentscheidung penibel protokolliert werden muss. Alles wird aufgezeichnet für den Fall, dass mal jemand Klage erhebt, weil etwas nicht nach Vorschrift lief.«

»Aber wie hilft uns das weiter?«

»Ganz einfach!« Der Cyberkriminelle steckte ein Lesegerät an den dafür vorgesehenen Stecker in der Konsole. »Sobald die Erde einen Lockdown einleitet, werden gleichzeitig alle Daten übermittelt, die zu der Entscheidung geführt haben. Damit will man verhindern, dass jemand die Fakten nachträglich ändern kann.«

Harold grinste. »Das bedeutet also …«

»Ganz genau«, lachte Carl und studierte das Display. »Hier steht jeder Schritt, der für unseren Schlamassel verantwortlich ist.«

34.

»Analyse abgeschlossen«, verkündete die Computerstimme.

»Auf den Schirm!«

Rasch bauten sich mehrere Reihen mit Datenblöcken auf, die jeweils aus einem kleinen Vorschaubild, diversen Zahlenreihen und einem kurzen Text mit Erläuterungen bestanden. Nachdem alle Blöcke mit der gewohnten Animation aus den Ecken des Monitors hineingeflogen waren, erschienen Pfeile in unterschiedlichen Farben, die wichtige Zusammenhänge zwischen den Daten hervorhoben.

Barrys Augen wurden immer größer, je länger er auf den Bildschirm starrte. Er konnte kaum glauben, was er dort sah. »Teresa, kommen Sie mal?«

»Was gibt's? Haben Sie etwas gefunden?«

»Das müssen Sie mit eigenen Augen sehen.«

Die Sekretärin trat ins Büro, stellte sich hinter den Chef und starrte dann mit offenem Mund auf den Bildschirm. »Das kann unmöglich sein!«

»Sie sehen es also auch? Ich bilde mir das nicht ein?«

»Natürlich, Herr Frost! Die Auswertung zeigt es ganz deutlich, und gut gemacht ist es außerdem, wenn ich das anmerken darf.«

»Das können Sie laut sagen. Immerhin brauchte die KI drei Stunden, um dahinterzukommen.«

»Aber, was heißt das jetzt?«

»Die Videoaufzeichnungen sind tatsächlich manipuliert. Der Computer erkennt in den Bildern ab Zeitindex 10:05, dass die Charakteristik dieser Aufnahme verändert ist.«

»Ich bin leider keine Technikerin.«

»Ein Aufnahmegerät verfügt über spezifische Merkmale, praktisch einen Fingerabdruck, weil jede Kamera ganz spezielle Eigenheiten besitzt. Das können einzelne Pixel sein, die generell etwas heller oder dunkler sind. Beim Gesamtbild fällt das nicht auf, aber wenn man die Eigenschaften kennt, kann man für jede Aufzeichnung genau sagen, von welchem Gerät sie stammt.«

»Sie meinen, diese Aufnahmen kommen nicht von der Originalkamera?«

»Die Bilder stammen überhaupt nicht von einer Kamera. Die KI kann die Charakteristik keinem Aufzeichnungsgerät zuordnen, also wurde die Analyse auf andere Geräte ausgeweitet, die möglicherweise an Bord sein könnten.«

Teresa zeigte auf den Bildschirm. »Und das ist das Ergebnis?«

»Eine handelsübliche Spielekonsole, die realistische Szenen erzeugen kann. So etwas wird normalerweise verwendet, um dem Benutzer eine wirklichkeitsnahe Darstellung im Spiel zu garantieren. Jemand muss so ein Ding umgebaut haben und lässt uns jetzt alles sehen, was er will.«

»Sie meinen, das sind gar keine realen Personen, die da erscheinen?«

»Genau. Das ist die Szene in einem virtuellen Spiel. Umgebung und Menschen wurden nach der Realität so perfekt nachgebildet, dass niemand den Unterschied erkennt. Nicht einmal die hochspezialisierte KI.«

»Wer könnte so etwas machen?«

Barry bearbeitete die Tastatur und auf dem Schirm erschien die Liste mit den Besatzungsmitgliedern des Schiffes.

»Carl Huntley, der Captain. Er ist ein Technik-Genie. Er war derjenige, der damals den elektronischen Börsenhandel auf den Kopf stellte und zwei Milliarden erbeutete. Das Geld blieb bis heute verschwunden.«

»Das ist unmöglich! Die Schrottsammler sind technisch gar nicht so gut ausgestattet und die Häftlinge in ihren Freizeittätigkeiten beschränkt. Er kann nicht mal ein Werkzeug in die Hand nehmen, ohne dass die KI Alarm schlägt.«

»Scheinbar hat er es irgendwie geschafft.«

»Was wollen Sie jetzt tun?«

»Ich muss eine Technologiefirma sehr unglücklich machen, weil sie in zwei Tagen ihre Satelliten nicht in den Weltraum bringen kann. Stattdessen werden wir ein Inspektionsteam dorthin schicken.«

»Wegen manipulierter Videoaufzeichnungen? Könnte das nicht warten, bis in drei Monaten die nächste planmäßige Inspektion fällig ist?«

»Nicht, wenn einer der Leute behauptet, sie hätten dort draußen Alien-Technologie gefunden.«

35.

Carl sah sich die ausgelesenen Protokolldaten an. »Verdammt! Irgendwie haben die herausgefunden, wie wir hier die Überwachung manipulieren.«

Harold zog hörbar die Luft durch die Nase ein und ballte die Fäuste. »Du meinst, wie *du* die Überwachung manipulierst, mit *meiner* Spielekonsole.«

»Ist das wichtig, wie viele Leute daran beteiligt waren?«

»Es dürfte beim Strafmaß schon ausschlaggebend sein.«

»Okay. Lassen wir die Schuldzuweisungen mal vorläufig beiseite. Jemand muss von dem Alien-Gerät berichtet haben.«

»Wer?«

»Kann ich nicht sagen. Der Name ist verschlüsselt. Datenschutz! Das wird eine Weile dauern.«

»Was ist, wenn die herausbekommen, dass wir gar nicht in den Quartieren sind?«

Carl rieb sich mit der Hand den Nacken und schüttelte langsam den Kopf. »Das ist das nächste Problem. Wir müssen die Kommunikation mit der Erde unterbinden, bevor sie auf die Idee kommen, uns alle mit den Implantaten zu betäuben.«

»Ich könnte das Kommunikationsmodul vom Netz trennen, allerdings würden die da unten merken, dass etwas nicht stimmt. Außerdem schaltet sich das Reservemodul automatisch ein.«

»Tut es nicht!«

»Wieso …«, doch bevor Harold die Frage fertig formulierte, begriff er. »Du hast das Modul schon ausgeschlachtet?«

»Die Teile aus der Reserve-Kommunikation brauchte ich schließlich, um den Kontakt mit unserem gefundenen Aliengerät herzustellen. Das macht also keinen Ärger mehr.«

»Gut, in diesem Fall muss ich rüber zur Hauptkommunikation, um das Gerät dort auszuschalten.«

»Geht nicht! Wenn du die Brücke verlässt, wirst du gesehen und sicher sofort unschädlich gemacht.«

»Dann überbrücke die Überwachung!«

»Kann ich nicht. Alle verfügbaren Kapazitäten sind bereits ausgeschöpft. Außerdem sind die Videokabel für den Raum der Hauptkommunikation noch nicht vorbereitet. Das würde jetzt zu lange dauern.«

»Was machen wir nun?«

Carl grinste den Ingenieur triumphierend an. »Wir improvisieren.«

36.

Barry hatte gerade den vorläufigen Bericht abgeschickt, als sein Vorgesetzter sich per Videolink meldete.

»Sagen Sie mal, das ist doch nicht Ihr Ernst?«, polterte er sofort los.

»Ich bin mir der Situation durchaus bewusst. Vor einer Stunde habe ich mit dem Häftling gesprochen, der den Sicherheitsverstoß anzeigte. Ich bin davon überzeugt, dass eine umgehende Inspektion notwendig ist.«

»Sie wissen, welche Kosten Sie damit erzeugen?«

»Das weiß ich und übernehme die volle Verantwortung dafür!«

»Das werden Sie kaum können, die bleibt nämlich bei mir hängen. Sind Sie denn sicher, dass an diesen Behauptungen etwas dran ist? Alien-Technologie?«

»Ich versichere Ihnen, dass der Informant absolut glaubwürdig ist. Die KI konnte per Stimmanalyse feststellen, dass er die Wahrheit sagt. Ich kontaktiere jetzt dessen Kollegin, um mir die Aussage bestätigen zu lassen.«

»Tun Sie das! Wir dürfen uns hier keine Fehler erlauben. Stellen Sie sich die Reaktion in den sozialen Medien vor, wenn herauskommt, dass wir einen Satellitenstart wegen einer falschen Alien-Story verschoben haben.«

37.

»Was meinst du mit improvisieren?«

»Du kannst doch die Drohnen von hier aus steuern?«, fragte Carl.

»Klar, das machen wir jeden Tag.«

»Ist gerade eine draußen – beim Schrottsammeln?«

»Zwei sind routinemäßig unterwegs. Die erste sollte in drei Stunden in der Schleuse ankommen. Das Programm wurde allerdings wegen des Lockdown unterbrochen.«

»Welche unserer Drohnen ist derzeit am nächsten an der *Hermes*?«

»Was hast du vor?«

»Wir rammen das Schiff.«

»Spinnst Du? Was soll das bringen?«

»Die Hauptantenne ist auf der anderen Seite des Rumpfes, ausgerichtet auf die Erde. Wenn du für den Flieger einen Kurs programmierst, der ihn so nahe an der Außenhaut vorbeifliegen lässt, dass die Antenne abgerissen wird …«

»… bricht der Kontakt zur Erde augenblicklich ab«, ergänzte Harold den Satz. »Das könnte funktionieren. Die Drohne könnte uns aber auch ein Loch in die Außenhülle reißen.«

»Du bist der Ingenieur. Programmier einfach einen Kurs, der passt!«

Harold war nicht ganz wohl bei der Sache. Er hatte schon einmal erlebt, was ein fehlgeleiteter Flugkörper bei einem Schiff dieser Bauart anrichten kann. Allerdings musste er Carl recht geben. Die Antenne befand sich am anderen Ende, ziemlich weit entfernt von der Brücke. Im schlimmsten Fall verschlossen die Notfallschotts die Korridore und niemand kam zu Schaden. Alle, die in den Quartieren waren, überlebten selbst bei einem schiffsweiten Verlust von Atmosphäre einige Tage.

»Also gut. Ich programmiere die Flugbahn direkt in der lokalen Konsole, muss die Zuladung allerdings schätzen. Bei einer Abfrage per Funk weiß die Erde, dass wir uns auf der Brücke befinden.«

»Gut, versuche einfach, nicht allzu sehr daneben zu liegen!«

»Sobald ich das Programm an die Drohne geschickt habe, wird die Erde alarmiert sein. Ich kann den

Flugrechner für weitere Befehle blockieren, damit ihn danach niemand umprogrammiert. Das heißt aber auch, dass wir den Kurs dann nicht mehr ändern können.«

»No risk, no fun! Fang an, wir sollten keine Zeit verlieren!«

38.

Gerade hatte Barry die Unterhaltung mit seinem Vorgesetzten beendet, als auf dem Bildschirm eine neue Warnung aufleuchtete: »Weitere manipulierte Kameras gefunden«, stand da in roten Buchstaben. Er hatte die KI angewiesen, nach den gleichen Charakteristiken zu suchen wie beim schon entdeckten Video. Es galt also herauszufinden, ob es noch mehr gab. Tatsächlich waren die Videos der Quartiere des Captains sowie des Bordingenieurs ebenfalls verändert, was bedeutete, dass sie sich wahrscheinlich nicht dort befanden. »Computer, vergleiche die aktuellen Aufzeichnungen mit den Vorgaben der manipulierten Aufnahmen!« Barry wollte wissen, wo die beiden sich aufhielten, aber die Auswertung konnte einige Zeit dauern, wenn alle Kameras überprüft werden mussten. »Stelle jetzt bitte eine Verbindung mit dem Besatzungsmitglied Sarah her!«, befahl er außerdem, denn es galt ja noch ihre Aussage aufzunehmen.

»Datenübertragung unterbrochen!«

»Was? Wieso? Computer! Ursache ermitteln!«

»Datenstrom wurde beendet. Erneuter Kontakt nicht möglich. Ursache bislang unbekannt.«

Das war unmöglich! Barry konnte sich keinen Reim darauf machen. Daher entschied er, es erst einmal zu ignorieren. »Analysiere die vorhandenen Daten – bis zum Abbruch.«

»Analyse ist bereits im Gange. Voraussichtliche Dauer: zwei Stunden und vierunddreißig Minuten.«

39.

Die Erschütterung des Schiffes hätte die beiden von den Sitzen gerissen, wären sie nicht angeschnallt gewesen. Carl hoffte nur, dass die anderen in ihren Quartieren unverletzt blieben. Er konnte kurz vor der Kollision noch einen manuellen Alarm über Interkom auslösen, um die Besatzung zu warnen.

Harold ging zur Konsole und überprüfte die Schadensmeldungen. »Die Drohne hat die Antenne voll getroffen und einen Teil unserer Außenplatten abgerissen. Wir haben jetzt ein großes Loch auf dieser Seite des Schiffes. Alle Notfallschotts wurden geschlossen. Der Verlust an Atemluft ist minimal.«

Carl nickte zufrieden. »Gute Arbeit, Harold! Nun kommen die Feinheiten.«

»Was ist der Plan?«

»Geh rüber in die Kommunikation und nimm das Modul vom Netz! Du hast vielleicht zehn Minuten, bis der Computer die Notantennen ausfährt und merkt, dass die Reservekommunikation nicht funktioniert.«

»Mangels des fehlenden zweiten Funkgerätes, schon klar.« Harold öffnete die Brückentür und lief über den

Gang zur Kommunikationszentrale. Die Kameras stellten kein Problem dar, jetzt wo die Erde ihre Bilder nicht mehr empfangen konnte.

Nach dem Ausfahren der Reserveantenne sollte das Schiff auf die Notkommunikation umschalten. Da die nicht vorhanden war, würde die Automatik versuchen, die Antenne mit dem Hauptgerät zu verbinden. Er musste das durch rechtzeitiges Trennen vom Netz verhindern.

Als er, beim Kommunikationsraum angelangt, den Türöffner betätigte, quittierte der Servomotor des Öffnungsmechanismus diese Aktion mit einem leisen Wimmern, dem ein heftiges Knirschen folgte. Dann wurde es still, und die Tür bewegte sich nicht einen Millimeter. *Mist!* Der Mechanismus klemmte. Der Ruck beim Aufprall musste etwas beschädigt haben. »Harold an Carl. Der Eingang ist blockiert, ich komme hier nicht rein!«

40.

»Analyse weiter in Bearbeitung. Zwischenergebnis gefunden«, tönte es aus dem Lautsprecher.

»Auf den Bildschirm!« Barry wollte endlich Antworten haben! Wie es aussah, war die Kamera auf der Brücke ebenfalls manipuliert worden, zumindest in der Zeitspanne vor dem Ausfall der Datenverbindung.

»Teresa, ich brauche mal wieder Ihre weibliche Intuition.«

»Ich komme sofort.«

»Captain und Bordingenieur befinden sich vermutlich auf der Brücke. Was können die vorhaben?«

»Das fragen Sie jetzt nicht im Ernst, Herr Frost?«

»Ich kann's mir denken, aber vielleicht haben Sie noch eine andere Idee? Womöglich hängt deren Aufenthalt auf der Brücke mit dem Ausfall unserer Datenverbindung zusammen.«

»Etwas Besseres wüsste ich allerdings auch nicht.«

»Das hatte ich befürchtet. Nur, wie konnten sie von dort aus die Kommunikation ausschalten?«

In diesem Moment ertönte die Stimme des Computers wieder: »Ursache für Datenausfall gefunden.«

»Auf den Bildschirm!«

Das kurze Video von einem der Beobachtungssatelliten war von schlechter Qualität. Die Kamera erfasste das Schiff aus großer Entfernung, der Ausschnitt musste auf ein Vielfaches vergrößert werden. Dennoch konnten sie erkennen, dass die *Hermes-38* offensichtlich in dem Moment mit einem Flugkörper kollidierte, als der Datenstrom abriss.

»Etwas muss die Hauptantenne getroffen haben«, vermutete Barry.

Die Sekretärin runzelte die Stirn. »Gibt es denn kein Notsystem oder sowas?«

»Doch, die Kommunikation sollte spätestens nach zehn Minuten durch das Reservesystem wiederhergestellt sein. Das benutzt eine zweite Antenne, die im Notfall ausgefahren wird. Wollen wir hoffen, dass wir gleich wieder Kontakt haben.«

»Das Datenprotokoll zeigt, dass zwölf Minuten vorher ein Funkbefehl an eine der Drohnen gesendet wurde«, berichtete der Computer.

»Wie ist das möglich? Während des Lockdowns ist die Kommunikation doch gesperrt!«

»Offenbar haben sie das lokale Kommunikationsmodul für die Drohnensteuerung benutzt. Das ist vom Lockdown nicht betroffen, weil es nicht als kritische Komponente angesehen wird.«

Barry krallte die Finger in seine Armlehne und fluchte innerlich.

41.

Carl war sichtlich außer Atem, als er den Eingang zur Kommunikationszentrale im Laufschritt erreichte. »Hast du die manuelle Überbrückung schon versucht?«

»Ja, die Tür klemmt mechanisch.«

»Verdammter alter Kahn! Kein Wunder, dass die uns allein hier arbeiten lassen, wenn beim kleinsten Ruck alles auseinanderfällt«, murmelte Carl, während er eine Platte aus der Wandverkleidung entfernte.

»Willst du wieder über die Serviceschächte rein?«

»Was bleibt uns übrig? Das wird zeitlich eng, wir haben noch knapp acht Minuten.« Carl verschwand in der Wand.

Sie kamen im Kriechgang nur langsam voran, schafften es aber schließlich doch bis zur Einstiegsluke des Kommunikationsraumes. Harold machte sich sofort an der Konsole zu schaffen und entfernte einige Kabel.

»So, nun sind wir von jeder Kommunikation nach außen abgeschottet. Wie geht's weiter?«

Carl, der sichtlich erleichtert wirkte, dass sie sich nun etwas Zeit verschaffen konnten, überlegte kurz. »Jetzt, wo die Katze aus dem Sack ist, wird die Erde ein Inspektorenteam schicken. Aber selbst wenn die heute starten, wären sie erst in etwa sechs Stunden hier.«

»Das ist nicht allzu lange.«

»Allerdings bezweifele ich, dass sie gleich eine passende Transportmöglichkeit finden. Außerdem müssen sie die Kosten kalkulieren. Schätzungsweise haben wir einige Tage Zeit, um uns etwas einfallen zu lassen.«

»Das klingt gut. Inzwischen kann ich erstmal die Tür reparieren, das sollte nicht mehr als eine halbe Stunde dauern.«

»Gut, ich krieche wieder zurück und laufe zur Brücke. Vielleicht konnte der Computer den Code schon entschlüsseln, so wissen wir wenigstens, wer uns verraten hat.«

»Und was dann?«

»Das wird sich zeigen. Die Chancen stehen auf jeden Fall besser, wenn wir alle zusammenhalten. Sollte ich aber jemanden aus dem Weg räumen müssen, werde ich das tun!« Carl verschwand wieder in der Wand.

42.

Robert merkte, wie sich sein Körper verkrampfte. Der heftige Ruck, welcher vor wenigen Minuten durchs Schiff ging, trug nicht dazu bei, ihn zu beruhigen. Über Interkom kamen automatische Schadensmeldungen durch. Der hintere Teil war offenbar dem Vakuum ausgesetzt und wurde nur durch die Notfalltüren abgedichtet.

Für ihn als Buchhalter war die Situation völlig neu. Er wusste, dass ein Schiff dieser Größe einiges aushalten konnte, hatte allerdings keine Ahnung, durch was es getroffen wurde.

»Computer, was ist da gerade passiert?«, rief er in den Raum.

»Unbekannt. Das Schiff ist mit einem Flugkörper kollidiert. Die externe Kommunikation ist ausgefallen.«

Ausgefallen! Robert riss die Augen weit auf. Ohne Funkverbindung konnte die Erde weder das Schiff noch die Besatzung kontrollieren. Wenn man ihn jetzt als Verräter aufspürte, würde ihn niemand beschützen.

»Computer, kannst du eine Verbindung mit Sarahs Quartier herstellen?«

»Technisch gesehen schon, aber während des Lockdowns ist die Kommunikation beschränkt.«

Natürlich! Sie wurden bis zur Klärung der weiteren Umstände in den Unterkünften gefangen gehalten, und selbstverständlich durften sie untereinander nicht kommunizieren. Das war die erste Regel für Verhöre, damit sich Leute nicht absprachen.

Robert fühlte, wie sein Atem ruhiger wurde. Er war hier eingesperrt, also konnte ihm zunächst einmal niemand etwas tun. Die Erde würde ein Inspektionsteam schicken und sie einzeln aus der Isolation befreien. Selbst wenn das ein paar Tage dauerte, versorgte ihn die Schiffsautomatik mit Nahrung. Solange alle in den Quartieren waren, sollte er eigentlich sicher sein.

Aber – waren alle in ihren Quartieren?

43.

Der Captain traute seinen Augen nicht. Dieser miese Erbsenzähler hatte doch tatsächlich die Erde kontaktiert!

In diesem Moment betrat Harold die Brücke. »So, die Tür funktioniert wieder.«

»Du kannst dir gleich noch eine Tür vornehmen.« Carl hielt dem Ingenieur das Display des Computers entgegen, der gerade den verschlüsselten Namen geknackt hatte.

»Verdammt! Der Buchhalter hat kalte Füße bekommen. Was machen wir jetzt mit ihm?«

»Wir unterhalten uns. Ich muss wissen, was die auf der Erde von ihm erfahren haben.« Sie liefen die Mannschaftsquartiere entlang, bis sie Roberts Tür erreichten. »Kannst du sie öffnen?«

»Von außen ist das kein großes Problem. Die Verriegelung soll primär verhindern, dass die Leute ausbrechen. Gib mir ein paar Minuten.«

44.

Robert konnte hören, wie sich jemand an der Verkleidung des Schließmechanismus zu schaffen machte. *Das können nur Carl oder Harold sein.* Die beiden hatten vermutlich die Überwachung des gefundenen Gerätes abwechselnd übernommen, damit sie keine Nachricht der Aliens verpassten. *Wenn Carl herausfand, dass er sie verraten hatte? War das überhaupt möglich?* Die verschlüsselte Kommunikation erfolgte abhörsicher, aber er wusste ja, dass man das Technikgenie mit solchen Kleinigkeiten nicht abhalten konnte. Nun hoffte er nur, dass die Geräusche, die er gerade hörte, seiner Befreiung dienten und keinem anderen Zweck.

Minuten später öffnete sich die Tür. Harold und der Captain standen davor und schauten Robert erwartungsvoll an. Der Ingenieur meinte schließlich: »Und? Bekomme ich nicht mal ein Dankeschön fürs Aufmachen?«

Robert trat in den Gang vor die Kabine, doch bevor er etwas sagen konnte, kam ihm die metallische Wand des Durchgangs entgegen, und er schlug hart mit dem Kopf gegen die Metallplatte. Der kräftige Mann mit dem graumelierten Bart hatte ihn von hinten gepackt und mit aller Kraft dagegen geschleudert. Robert schmeckte Blut und sah nur noch verschwommen. Benommen blinzelte er den Tränenschleier fort und torkelte von der Wand weg. Als er sich endlich umdrehen konnte, sah er seinen Captain in wilden Zuckungen und vor Schmerzen schreiend auf dem Boden liegen. Nach wenigen Sekunden war es vorbei.

»Die Elektroschocks scheinen auch ohne Kontakt zur Erde aktiv zu sein«, bemerkte Harold trocken. »Ihr solltet euch also beide zivilisiert verhalten.«

Der Captain hatte sich inzwischen wieder aufgerichtet und ballte wütend die Fäuste. »Verdammter Mist! Hier im Gang sind Kameras, die uns beobachten. Aber sind wir nicht von der Erde isoliert?«

Der Ingenieur kratzte sich nachdenklich am Kinn. »Das sind wir. Die autonome KI des Schiffes muss sich eingeschaltet haben. Ich habe davon gehört, dass es sowas gibt, es jedoch noch nie praktisch erlebt.«

Robert schaute verwirrt und ängstlich zwischen den beiden hin und her. Offensichtlich verstand er nicht, was da gerade passiert war. Also klärte Harold ihn auf: »Der Funkkontakt ist unterbrochen. Offenbar besitzt die *Hermes* eine zusätzliche Sicherung, die verhindert, dass wir uns gegenseitig umbringen. Diese autonomen KIs sind nicht so leistungsfähig wie die auf der Erde, aber wenn die Kameras erkennen, dass jemand verletzt wird, wird der Angreifer mittels Elektroschock ausgebremst.«

Robert atmete erleichtert auf.

»Freu dich nicht zu früh!«, zischte Carl. »Ich bin noch nicht fertig mit dir. Was hast du erzählt?«

»Wieso erzählt? Was meinst du?«

»Gib dir keine Mühe, Robert«, erklärte Harold. »Wir wissen, dass du die undichte Stelle bist. Du kennst doch die irdische Bürokratie: Alles wird penibel aufgezeichnet.«

»Und wir hatten genügend Zeit, die Aufzeichnungen auszulesen und zu entschlüsseln«, ergänzte Carl.

Robert fühlte sich jetzt wieder so elend wie vorher. Wenn Carl wusste, dass er die Erde informiert hatte, musste er auch wissen, welche Informationen weitergegeben worden waren.

45.

Barry konnte nicht fassen, dass die Kommunikation weiterhin fehlschlug. »Computer! Analyse der Situation des Schiffes!«

»Keine Veränderung. Aufklärungsdrohnen sind unterwegs und senden bereits Bilder.«

»Auf den Bildschirm!« Barry verfolgte nun den Anflug der Überwachungsdrohne. Das Fluggerät beschleunigte noch, daher sah die Übertragung aufgrund der starken Vergrößerung sehr unruhig aus. Die *Hermes* hatte offensichtlich einen Teil der Außenhülle verloren, die Hauptantenne war komplett abgerissen worden. Soweit er sehen konnte, befand sich die Hilfsantenne für Notfälle bereits in Position. Also sollte eine Kommunikation möglich sein. »Status der Notantenne?«

»Notantenne vollständig ausgefahren. Sie sendet Kontrolldaten, kann aber den Kontakt zu den schiffsinternen Modulen nicht herstellen.«

Barry, der in den letzten zwei Jahren aus purer Langeweile die technischen Spezifikationen der verwendeten Schiffe auswendig gelernt hatte, wusste, was das bedeutete. Die kleine Hilfsantenne besaß einen eigenen Notsender, der offenbar funktionierte. Dieser konnte allerdings nur Daten zur Verbindungsanalyse senden. Um mit dem Schiff zu kommunizieren, musste die Antenne eine Verbindung zum internen Kommunikationssystem aufbauen. Das konnte nur bedeuten, dass keines der beiden Systeme funktionsfähig war.

»Teresa, stellen Sie mich bitte direkt zur Amtsleitung durch! Höchste Priorität!«, forderte er über Interkom. Sollte er mit seiner Vermutung richtigliegen, durften sie keine Zeit verlieren. Wenige Minuten später zeigte der Computer eine aktive Leitung zum höchsten Vorgesetzten des Amtes. Barry drückte eine Taste, um das Gespräch anzunehmen.

»Verdammt nochmal, Frost!«, polterte sein Gesprächspartner. »Ich hoffe, Sie haben einen guten Grund, mich aus der Konferenz zu holen.«

»Allerdings! Wenn ich nicht völlig danebenliege, haben wir es mit einem Aufstand auf einem unserer Schrottsammlerschiffe zu tun.«

*

Der in zwei Tagen geplante Raketenstart zur Aussetzung von Industriesatelliten wurde zum ungeplanten Inspektionsflug. Die Firma drohte, wie immer in solchen Fällen, mit überzogenen Schadenersatzforderungen. Barry hatte seinen Standpunkt allerdings gut vertreten. Ein außer Kontrolle geratenes Schiff konnte das ganze Modellprojekt in Frage stellen. Am Ende müsste die Behörde hunderte von Kleinkriminellen einem neuen Strafvollzugsprogramm zuweisen und die Leute zwischenzeitlich irgendwo unterbringen.

Es galt nun herauszufinden, was dort auf dem Schiff vorging, wenn die Inspektoren – eigentlich ein Team ausgebildeter Soldaten der Erdverteidigung – vor Ort waren. Bis dahin agierte die Behörde jedoch blind und taub, abgesehen von dem, was die Aufklärungsdrohne von außen aufzeichnete. Barry machte sich Sorgen, dass sein Informant doch noch zu Schaden kommen konnte. Schließlich hatte er um Schutz gebeten, den er nun nicht bekäme. Zumindest nicht von ihm.

Natürlich hatte die KI das Gespräch mitgehört und protokollgemäß die Standardschutzmaßnahmen für außergewöhnliche Situationen aktiviert. Barry kannte das Protokoll und wusste daher, dass der Computer des Schiffes auf erhöhte Wachsamkeit geschaltet hatte, bevor ihr Kontakt abriss.

46.

»Harold, kümmere dich um die anderen beiden Türen! Wir sollten den Doktor und Sarah aus den Quartieren befreien. Damit haben wir bessere Chancen«, befahl Carl.

»Bessere Chancen wofür?«

»Hier wegzukommen.«

»Wie soll das gehen?«

»Weiß ich noch nicht, aber ich finde schon einen Weg. Wir treffen uns dann bei dem Alien-Gerät.«

Harold lief los, um die beiden anderen herauszuholen. Robert sah ziemlich mitgenommen aus und blutete stark aus Mund und Nase.

»Den Doktor zuerst!«, rief Carl ihm hinterher. »Wir haben hier einen Verletzten.«

Schließlich wandte er sich an Robert, der instinktiv zusammenzuckte. »Keine Angst! Wie es scheint, müssen wir uns mal ruhig und zivilisiert unterhalten.«

Robert nickte.

»Was genau hast du berichtet?«

»Eigentlich nur, dass wir etwas gefunden haben, von dem wir glauben, dass es außerirdisch ist.«

»So, wir *glauben* das?«

»Die wissen nicht, dass wir mit denen kommunizieren können. Aber irgendwie muss ich erwähnt haben, dass die Kameras vielleicht manipuliert wurden.«

Carls Gesicht begann langsam rot anzulaufen.

»Ich schwöre, das ist mir so herausgerutscht! Die KI hat sofort reagiert«, stammelte Robert.

»Warum hast du überhaupt die Erde kontaktiert?«

»Weil ich nicht wegen Hochverrats verurteilt werden will. Der kleine Kasten mag ja einiges wert sein, aber ich will nicht den Rest meines Lebens darauf verwetten.«

»Glaubst du wirklich, die kaufen dir das ab, dass du damit nichts zu tun hast?«

Robert sank in sich zusammen. »Ich bin nur ein einfacher Buchhalter, der ein paar Dollar nebenbei verdienen wollte.«

Inzwischen kam Martin angelaufen. »Was ist passiert?«

»Ah, Doktor. Unser einfacher Buchhalter ist wohl zu schnell gegen die Wand gelaufen. Kannst du ihn eben verarzten?«

»Verdammt, ich meinte doch, was ist mit dem Schiff passiert?«

»So viel zum hippokratischen Eid. Das Schiff hatte einen kleinen Zusammenstoß mit einer fehlgeleiteten Drohne. Mehr musst du erstmal nicht wissen.«

Martin schüttelte nur ungläubig den Kopf, machte sich dann aber mit Robert auf den Weg zur Krankenstation.

47.

Sarah blickte verstört, als sie Harold vor der Tür stehen sah.

»Gern geschehen, Engelchen«, sagte er nur und ging wieder zurück in Richtung Schleuse.

Sarah folgte dem Ingenieur. »Moment mal! Was ist hier überhaupt los?«

»Dein Spezi, der Buchhalter, hat uns verpfiffen, das ist los!«

»Erstens, ist er nicht mein Spezi und zweitens, von was wurden wir da vorhin gerammt?«

»Erinnerst du dich noch an die Geschichte mit der Drohne, die mal fast unser altes Schiff zerlegt hatte?«

»Ja?«

»Jetzt hast du auch so eine Geschichte erlebt!«

48.

Carl stand mit einem zufriedenen Grinsen vor dem Kabelgewirr, als sich die anderen beim Gerät einfanden. »Wir haben einen neuen Kommunikationskanal!«

Harold schaute den Captain mit hochgezogenen Augenbrauen an. »Welchen?«

»Unsere Alien-Freunde hatten freundlicherweise berichtet, dass sie mehrere Sonden bei einer bewohnten Welt aussetzen. Sie haben also Augen und Ohren im Erdorbit, die weitaus besser funktionieren als unsere eigenen Satelliten.«

»Meinst du, dass die uns helfen werden?«

»Warum nicht? Das sind Forscher wie wir. Zumindest glauben sie, dass wir an einem Wissensaustausch interessiert sind. Daher wird man uns gern zur Hand gehen.«

»Aber wie erklären wir die Situation?«

»Wir haben durch einen Unfall die Kommunikation verloren. Das ist nicht mal gelogen. Wer sollte uns denn die Hilfe aus einer Notlage verweigern wollen?«

Harold überlegte kurz. »Selbst wenn das funktioniert, wie kommen wir an die übrigen Sensoren heran?«

»Ich vermute mal, diese ganzen Alien-Gizmos sind ebenfalls über Quanten-Kommunikatoren verbunden. Was der eine nicht erfasst, kann jeder andere sofort abrufen. Frag mal nach, ob ich damit richtigliege.«

»Warum muss eigentlich ich immer mit denen reden?«

»Weil sie deine Stimme schon kennen. Egal ob sie dich für den Präsidenten der freien Welt halten oder nur für einen Nachrichtentechniker, ich will nicht riskieren, dass jemand misstrauisch wird.«

»Klingt logisch. Ich werde also die Situation schildern und um Hilfe bitten.«

»Ganz genau. Inzwischen bastele ich eine Verbindung zum System, um die Bedienung zu verbessern. Dieses kleine Spielzeug kann locker unser 3D-Interface verkraften. Jetzt, wo die Kameras aus dem Weg sind, können wir alles auf der Brücke aufbauen, von der wir Zugang zum Hauptcomputer haben. Das wird ein Spaziergang!«

49.

Die Brücke glich einem Elektronik-Bastelladen des zwanzigsten Jahrhunderts. Die meisten Paneele der Kontrollpulte standen offen. Heraus hingen provisorische Kabel, die alle zu einem notdürftig an einer Bodenplatte befestigten Labortisch führten. Mitten auf dem Tisch lag das gefundene Alien-Gerät, darum herum diverse Platinen, Energiekonverter, Messgeräte und Patchfelder, die sämtliche eingehenden Leitungen mit anderen Steckern verbanden und so die abgezweigten Brückensysteme zu dieser Bastellösung kompatibel machten.

Harold schüttelte den Kopf. »Damit wirst du aber keinen Preis für bestes Design gewinnen.«

Carl erwiderte die Bemerkung mit einem herzhaften Lachen und steckte die letzte Verbindung an eine dort angebrachte Energiequelle. »So, das sollte es jetzt gewesen sein!«

Die Bildschirme auf der Brücke leuchteten alle nacheinander auf und durchliefen eine kurze Diagnoseroutine. Danach erschien auf jeder Station das gewohnte Bedienungsinterface. Auf der Hauptkonsole war zu lesen: »Neues Kommunikationsmodul erkannt. Verbindung zu den Subsystemen wird hergestellt.«

»Gute Arbeit, Harold!«

»Danke, aber ich habe eigentlich kaum etwas gemacht. Die Aliens sind tatsächlich sehr hilfsbereit. Solange wir nicht versuchen, ihren genauen Standort im Universum ausfindig zu machen, unterstützen sie uns ohne Einschränkung.«

»Das heißt, sie glauben unsere Geschichte?«

»Offensichtlich. Möglicherweise ist ihnen egal, wer wir sind, sofern wir sie nicht direkt bedrohen.«

Carl nickte nur und drückte einige Elemente auf der Konsole.

»Sprachinterface aktiviert«, meldete die Computerstimme.

»Computer! Startsequenz einleiten zum Verlassen des Orbits!«, befahl Carl.

»Befehl nicht ausführbar! Zugang zum Autopiloten ist auf autorisiertes Personal beschränkt.«

Der Captain fasste sich an den Kopf, als ob er etwas Wichtiges vergessen hätte. Dann kroch er unter eine der halboffen stehenden Konsolen, trennte eine Steckverbindung und fingerte in seiner Hosentasche nach einem kleinen Modul. Dieses steckte er zwischen die gerade getrennte Verbindung.

»Computer! Startsequenz zum Verlassen des Orbits einleiten!«, wiederholte er den Befehl.

»Startsequenz wird eingeleitet. Zeit bis zur Zündung zwei Minuten, zwanzig Sekunden.«

»Na also! Ich wusste doch, dass ich was vergessen hatte.«

»Wo fliegen wir hin?«, wollte Harold wissen.

»Weg von der Erde. Wenn erstmal ein Inspektionsteam andockt, sind wir am Arsch.«

»Wie weit werden wir mit den Treibstoffreserven kommen?«

»Hoffentlich weit genug, um aufzutanken.«

50.

Barry rätselte immer noch, wie das überhaupt möglich war. Die *Hermes-38* hatte tatsächlich den Erdorbit verlassen. Damit war die Aussendung des Inspektionsteams hinfällig geworden. Stattdessen würde die Behörde eine systemweite Verfolgung aufnehmen müssen. So etwas hatte es seit dem Aufstand in der Mondkolonie vor über fünfzig Jahren nicht mehr gegeben. »Computer! Ermittle einen Verfolgungskurs zum Abfangen der *Hermes-38*!«

»Wird berechnet!«, quittierte die Sprachausgabe.

Jetzt war es nur noch eine Frage der Zeit. Die Flüchtigen hatten nicht genügend Treibstoff, um eine lange Verfolgung durchzuhalten. Die automatischen Patrouillenschiffe würden das Schiff aufbringen und zurück zur Erde schleppen. Barry konnte sich nicht vorstellen, warum jemand so einen Wahnsinn überhaupt versuchte.

51.

»Wir sind jetzt schon seit fünf Tagen unterwegs«, beklagte sich der Ire, der mit ungekämmten rotbraunen Locken noch etwas verschlafen die Brücke betrat. »Wie lange werden wir noch brauchen und wohin geht es überhaupt?«

Carl, der seinen Posten an den Monitoren nur für kurze Pausen verließ, blickte vom Bildschirm auf. »Guten Morgen! Die Reiseleitung hat noch nicht entschieden, wo das Endziel sein soll. Immerhin muss ich alle paar Stunden den Kurs ändern, damit uns die Langstreckendrohnen nicht abfangen können.«

»Wie schaffst du das nur? Die Erde hat modernste Verfolgungstechnik und müsste uns längst geschnappt haben!«

»Erstens, war die Hermes mal ein Expresstransporter. Du glaubst ja nicht, was die Triebwerke für eine Leistung entwickeln, wenn man erstmal den ganzen Kram entfernt, der die Dinger drosselt.«

»Natürlich, du bastelst wieder daran herum! Das hat doch ursprünglich einen Sinn, dass die Motoren gedrosselt wurden.«

»Ja, hauptsächlich, weil die Leistung im Erdorbit nicht gebraucht wird. Da sollten wir uns ja nur auf gleicher Höhe halten, aber jetzt müssen wir der Behörde davonfliegen.«

»Schaffen wir das denn? Ich meine – auf Dauer?«

»Normalerweise eher nicht. Da kommt uns dann unser zweiter Vorteil zugute, nämlich, das extrem gut entwickelte Navigationssystem, dass uns unsere außerirdischen Freunde netterweise ausgeliehen haben.«

»Du meinst, dein Kabelgewirr?«

»Das Kabelgewirr stellt die Kommunikation mit dem Mini-Satelliten sicher, den wir gefunden haben. Du kannst dir gar nicht vorstellen, wie leistungsfähig allein dieser kleine Kasten ist. Außerdem tauscht er ständig Daten mit den anderen Sonden aus, die die Fremden hiergelassen haben. So kann ich immer sehen, wann uns eine Verfolgungsdrohne zu nahekommt.«

»Das klingt, als ob du einen Riesenspaß hast!«

»Es ist wie ein 3D-Computerspiel, nur dass ich leider nichts abschießen kann.« Wie auf ein Stichwort meldete sich ein pulsierendes Alarmsignal von einer der Konsolen.

»Probleme?«

Carl ging gelassen zum Kontrollpult hinüber, drückte einige Tasten und gab etwas auf der Tastatur ein. »Nicht wirklich. Wir brauchen nur eine Kurskorrektur. Wenn ich es geschickt anstelle, werden die uns irgendwann in der Nähe des Jupiters suchen, zumindest wenn die meine Richtungsänderungen korrekt analysieren.«

»Was wollen wir dort? Bei den Jupitermond-Kolonien können wir uns nirgends verstecken, da finden sie uns sofort!«

»Das ist nur Ablenkung. Ich habe da schon eine Idee!«

52.

Zwei Tage später waren die Treibstoffreserven fast aufgebraucht. Wenn Carl das Schiff am Zielort abbremsen wollte, müsste er bald die Triebwerke abschalten. Dann boten sie ein leichtes Ziel.

»Computer! Stelle eine codierte Verbindung über die zentrale Relaisstation mit der Marskolonie her!«, befahl er.

»Welcher Empfänger?«

»Kein Empfänger. Das wird eine Broadcast-Meldung.«

»Bitte bestätigen! Die Sendung wird von jedem im Sendebereich der Marskolonie empfangen. Soll sie trotzdem verschlüsselt werden?«

»Bestätige! Chiffriere mit dem Code 4538xprst555777!«

»Kanal ist offen!«

»Hier spricht dein alter Kumpel Carl. Es ist Zahltag! Wenn du das Geld haben willst, triff mich am vereinbarten Treffpunkt Gamma-Sieben.«

»Nachricht wurde verschlüsselt und abgesetzt. Geschätzte Ankunftszeit: 8 Minuten, 15 Sekunden.«

Der Captain berechnete daraus schnell die Entfernung zwischen ihrer derzeitigen Position und Mars. Die Entfernung zwischen den Planeten änderte sich ständig, weil sie unterschiedlich schnell um die Sonne kreisten. Normalerweise würde man eine Reise erst dann antreten, wenn sich der Zielplanet in einer günstigen Position befand. Derzeit war der Mars etwa 150 Millionen Kilometer von ihrem Standort entfernt. Nicht gerade ideal, um halbwegs sparsam dorthin zu fliegen. Aber Carl musste sich um den Treibstoff keine Sorgen mehr machen, zumindest dann nicht, wenn sein Kontakt pünktlich am Treffpunkt erschien.

Der Captain steuerte das Schiff in den Asteroidengürtel, der den Raum zwischen den inneren und äußeren Planeten durch eine Unzahl von Felsbrocken unterschiedlicher Masse abgrenzte. Die *Hermes* flog zu einer Gruppe von größeren Asteroiden, nachdem sie noch einige Ausweichmanöver durchgeführt hatte, um von den Verfolgungsdrohnen der Erde nicht entdeckt zu werden. Danach manövrierte der Captain das Schiff in die Nähe eines der massiveren Himmelskörper, um sich in dessen Schatten zu verstecken, was ihnen maximalen Schutz vor einer Entdeckung bot.

53.

In der Behörde herrschte inzwischen wilder Aufruhr. Die automatisierten Schiffe hätten die Flüchtigen bereits nach wenigen Stunden erreichen müssen. Stattdessen änderte die *Hermes-38* laufend den Kurs, sodass sie ihnen immer wieder entwischte. Dieser Carl musste entweder ein Hellseher sein oder er bekam Hilfe. Allerdings konnte keinerlei Kommunikation festgestellt werden, die vom Schiff ausging. Es war Barry völlig unverständlich, wie der Captain seinen Verfolgern ständig einen Schritt voraus sein konnte.

54.

Nun hieß es: warten! Carl wusste, dass es trotz der Unterstützung durch das fremde Gerät nicht ganz einfach sein würde, eine endgültige Lösung für ihr Problem zu finden. Zunächst einmal musste er die interne Beobachtung durch die künstliche Intelligenz des Schiffes unterbinden. Er konnte nicht sicher sein, ob diese nur bei aggressiven Handlungen tätig wurde, oder ob sie auch andere seiner Tätigkeiten verhindern könnte. Immerhin hatte er ja noch die Überbrückungen für einen Teil der Kameras, so konnte er sich problemlos Zugang zu den Schlüsselkomponenten der Überwachung verschaffen. Es war nicht komplizierter, als Auto-Control zu knacken. Da keine Übertragung zur Erde mehr stattfand, war es ihm nun möglich, die Schutzmechanismen der schiffsweiten KI abzuschalten. Schwieriger würde es sich gestalten, die Implantate zu entfernen, denn diese machten sie später leicht aufspürbar. Er brauchte also einen Arzt, der das übernehmen konnte. »Carl an den Doktor!«

»Martin hier, was gibt's?«

»Triff mich in zehn Minuten auf der Krankenstation!«

»In Ordnung, Captain.«

Als Carl die Krankenstation betrat, waren der Doktor, sowie Sarah und Harold bereits dort. Martin blickte zur Eingangstür. »Warum hast du uns hierherbestellt?«

»Wann hast du das letzte Mal eine Operation durchgeführt?«

»Du weißt doch, dass ich hauptsächlich in der Gentechnik tätig war?«

»Ja schon, aber du besitzt eine vollständige Ausbildung? Das schließt Chirurgie mit ein, oder?«

»Die Grundlagen selbstverständlich, allerdings habe ich nach Abschluss meines Studiums nie wieder einen chirurgischen Eingriff vorgenommen.«

»Na dann hast du jetzt die Gelegenheit. Wir müssen die Implantate loswerden!«

»Unmöglich! Auf der Akademie haben sie uns gelehrt, dass diese Geräte nach dem Einsetzen im Nacken mit dem Nervensystem verwachsen. Eine Entfernung würde unweigerlich das Nervengewebe schädigen.«

»Aber es gibt doch Straftäter, die ihre Implantate wieder loswerden, nachdem sie ihre Strafe abgearbeitet haben?«

»Ich bin nicht sicher. Genaues lernt man in der Ausbildung nur, wenn man eine Spezialisierung auf Medizin im Strafvollzug anstrebt. Soweit ich weiß, werden die Geräte nur deaktiviert, verbleiben aber im Körper.«

»Und solange könnte man sie auch aufspüren?«

»Da musst du einen Techniker fragen!« Martin schaute zu Harold, der die Stirn runzelte.

»Die genauen Spezifikationen sind nicht öffentlich zugänglich. Nach meinem Kenntnisstand, besitzt jedes Implantat eine individuelle Codierung, mit der es deaktiviert werden kann.«

Carl schritt langsam im Raum auf und ab. Er musste eine Lösung finden, die Geräte zu deaktivieren. »Wie wäre es mit einem EMP?«

Harold zog die Augenbrauen nach oben. »Ein elektromagnetischer Puls! Der dürfte die gesamte Elektronik zerstören!«

Martin sprang von seinem Sitz auf. »Moment! Wenn es tatsächlich mit dem Nervensystem verwachsen ist, wird das kaum jemand überleben. So ein EMP dürfte sich wie ein Blitzschlag auswirken. Bestenfalls wäre man anschlie-ßend gelähmt, wahrscheinlich aber eher tot.«

»Ihr seht also beide keine Möglichkeit, die Implantate zu entfernen? Was ist mir dir, Sarah? Hast du eine Idee?«

Sarah schüttelte den Kopf. »Ich weiß fast nichts über diese Technologie. Wie es scheint, werden wir uns wohl nirgends lange verstecken können, selbst wenn wir den Verfolgern von der Erde entkommen.«

»Das werden wir noch sehen!«, erwiderte Carl. »So schnell gebe ich nicht auf. Irgendwas fällt mir schon noch ein!«

55.

Fünf Tage später hatte Carl die Mannschaft, mit Ausnahme von Robert, auf der Brücke versammelt, um die Lage zu besprechen.

Harold trug ein wissendes Grinsen zur Schau. »Ich habe das Gefühl, du hast das Ganze schon lange geplant! Oder warum sind wir jetzt hier?«

Der Captain zuckte die Schultern. »Sagen wir mal, ich wollte mir einige Hintertüren offenlassen, nur für den Fall, dass ich tatsächlich mal die Gelegenheit zur Flucht haben würde.«

»Wie soll das jetzt funktionieren? Treffen wir uns mit deinem privaten Lieferservice?«

»Wenn alles glatt läuft, sollte mein Geschäftspartner hier Kontakt mit mir aufnehmen.«

»Wir warten jetzt schon seit fast einer Woche, wie lange soll das noch dauern?«

Genau in diesem Moment verkündete Sarah, die vor der Kontrollkonsole saß: »Wir haben Sensorkontakt. Drei große Objekte direkt voraus, sie scheinen ihre Geschwindigkeit anzupassen und kommen näher.«

Harold sprang mit weit aufgerissenen Augen vom Sitz auf. »Warum haben wir die nicht kommen sehen?«

»Keine Ahnung!«, zischte Sarah. »Sieh es dir doch selbst an! Die sind einfach aufgetaucht. Müssen sich wohl auch hinter einem der Brocken versteckt haben.«

Carl lief zur Konsole, tippte kurz darauf herum und nickte dann zufrieden. »Regt euch ab, das sind unsere Freunde!«

»Ein verschlüsselter Funkspruch kommt über die Richtfunkstrecke herein!«, bemerkte Sarah.

Sauber! dachte sich der Captain. Die Richtfunkstrecke bot eine der sichersten Methoden, um Nachrichten von Schiff zu Schiff zu versenden. Die Sendeleistung und damit die Reichweite waren begrenzt, sodass sie ihre Position nicht verraten würden. »Auf die Konsole!«, befahl Carl und tippte einen Code am Bedienfeld ein. »Ihr dürft gern mithören!«

Sofort tönte eine tiefe Stimme aus den Lautsprechern. »Fischers Fritz fischt frische Fische.«

»Blaukraut bleibt Blaukraut«, erwiderte Carl. »Deine Aussprache war auch schon mal besser.«

»Mensch! Carl, du bist es wirklich! Wie konntest du mit einem staatlichen Schrottsammler aus dem Orbit entkommen? Setzen die auf der Erde keine gesicherten Autopiloten mehr ein?«

»Hey, George. Immer noch im Piratengeschäft? Wolltest du dich nicht längst zur Ruhe gesetzt haben?«

»Frag mich mal was Leichteres. Die Geschäfte laufen schlecht. Aber vielleicht kannst du mir ja endlich zum verdienten Ruhestand verhelfen?«

»Na klar doch! Wie vereinbart: fünfzig Prozent aus meinem letzten Raubzug. Das sollte für die nächsten zweihundert Jahre reichen, wenn du nicht alles auf einmal ausgibst. Ich schicke dir die Daten über die Konsole.« Carl fing an zu tippen.

»Wie funktioniert das?«

»Du meldest dich online im System an und gibst die Zugangsdaten ein. Dann musst du nur noch deine Kontoverbindung eintragen, und die Kohle kommt langsam eingetrudelt.«

»Wieso langsam?«

»Na hör mal! Das ist fast eine Milliarde Dollar. Die versteckt sich unter den aktiven Konten des gesamten Finanzsystems der Erde. Das Geld ist praktisch in viele kleine Beträge aufgeteilt, und jeder dieser Teilbeträge wird ständig zwischen allen Konten hin und her transferiert.«

»Ach, deswegen wurden die zwei Milliarden aus deinem Raubzug nie gefunden.«

»Genau. Wenn der Kontoinhaber mal einen zu hohen Wert auf seinem Kontoauszug hat, wird das Problem Sekunden später korrigiert. Wer das tatsächlich mal mitbekommt, wird es als Systemfehler abtun.«

»Und wie komme ich an das Geld?«

»Die Zugangsdaten geben dir Zugriff zu einer Hälfte des Raubzugs. Das habe ich damals aus Sicherheitsgründen eingerichtet, sodass mir auf jeden Fall genug bleibt, sollte jemand dahinterkommen. Wenn du dein

Konto im System hinterlegst, bleiben die Beträge einfach dort hängen, sobald sie zufällig vorbeikommen. Das dauert aber einige Monate, andernfalls fiele es sofort auf.«

»Das hört sich gut an. Was genau brauchst du jetzt noch von mir?«

»Erst einmal Treibstoff, damit wir weiterfliegen können.«

»Unser Tanker dockt gerade bei dir an.«

Das Schiff begann, leicht zu vibrieren. Sekunden später erfolgte ein kleiner Ruck, danach herrschte wieder relative Stille.

»Der Tankvorgang wird etwa eine Stunde dauern. Willst du solange rüberkommen und über alte Zeiten reden?«

»Lass mal, George! Ich habe noch eine Menge Arbeit. War aber auf jeden Fall schön, mit dir Geschäfte zu machen.«

»Gleichfalls. Wenn du etwas brauchst, melde dich einfach! Wie es ausschaut, werde ich wohl den anderen Kunden absagen. Ich stehe also ganz zu deiner Verfügung, bis mein endgültiger Ruhesitz feststeht.«

»Dann wünsche ich einen erfolgreichen Ruhestand, sofern wir nicht vorher voneinander hören.«

Carl beendete die Verbindung. Sofort meldete sich Harold: »Du hast dem gerade eine Milliarde für eine Tankfüllung bezahlt?«

»Was sollte ich machen? Wir hatten eine Vereinbarung, noch aus alten Zeiten. Wenn einer von uns in

Schwierigkeiten gerät, hilft ihm der andere aus der Patsche. Dafür wird dann der Gewinn aus dem letzten Raubzug geteilt. So wie in den alten Western-Filmen, wo jemand einen Teil der Beute im Wald vergräbt, damit ihn jemand anderes später wieder ausgraben kann.«

Harold verdrehte die Augen. »Weil dieser Coup durch alle Nachrichtenkanäle ging, weiß jeder, wie viel das ist.«

Carl zuckte die Schultern. »Mit einer Milliarde kann ich mich gut zur Ruhe setzen und vergiss nicht, dass wir noch das Alien-Gerät haben!«

»Deswegen wolltest du keinen weiteren Kontakt. Niemand soll wissen, was wir gefunden haben.«

»Das stimmt. Solange ich nicht sicher bin, was diese Technologie auf dem Schwarzmarkt genau wert ist, sollte das unter uns bleiben.«

»Was passiert mit Robert?«

»Was wohl? Vorläufig bleibt er noch eingesperrt. Irgendwann lassen wir ihn laufen, wenn er keinen Schaden mehr anrichten kann.«

56.

Carl stand auf der Brücke und grübelte, wie er sich und den Rest der Mannschaft in Sicherheit bringen konnte. Das Alien-Gerät hatte sich bisher als nützlich erwiesen. Offenbar kontrollierten die Fremden nicht, was er da anstellte, oder es war ihnen gleichgültig. Es fiel ihm noch schwer, sich in deren Gedanken und Motive hineinzuversetzen. Wenn die Menschheit einen Erstkontakt mit einer unbekannten Spezies aufnähme, ginge sie sicher nicht so blauäugig an die Sache heran. Aber, wie auch immer, solange er die Möglichkeiten dieser fantastischen Technologie nutzen konnte, würde er einen Profit daraus schlagen.

»Computer! Stelle eine Richtfunkverbindung mit Georges Schiff her!«

»Verbindung wird hergestellt.«

Eine Minute später meldete sich die vertraute Stimme: »Hey, Carl. Was kann ich noch für dich tun?«

»Hast du immer noch deinen Maulwurf in der Zentralregierung?«

»Meinen Informanten aus dem zentralen Strafregister? Ja, den gibt's noch.«

»Kann er mir Zugang zum Melderegister verschaffen?«

»Das könnte er bestimmt, allerdings fällt das sofort auf und würde ihn zwingen unterzutauchen. Ich glaube also nicht, dass er dazu bereit wäre.«

»Besteht eine Chance, ihn zu überzeugen?«

»Ich müsste einige Gefallen einfordern, aber leicht wird das nicht. Er wird wohl kaum seine gesicherte Position aufgeben wollen.«

»Ich würde ihm eine neue Identität verschaffen. Danach kann er sich mit ein paar Millionen zur Ruhe setzen. Meinst du, das überzeugt ihn?«

»Das könnte ich mir gut vorstellen. Was hast du vor, Carl? Daten im Zentralregister zu ändern ist nicht möglich. Die sind alle komplex verschlüsselt.«

»Das bekomme ich in den Griff. Ich könnte mich auch direkt hineinhacken, aber das kostet Zeit und fällt auf. Wenn ich mit einem Mitarbeiter-Zugang dort hineingehe, lade ich die verschlüsselten Informationen herunter und knacke sie dann in Ruhe.«

»Ich sag dir was, Carl! Erinnerst du dich noch an Tatjana?«

»Die kleine Rothaarige, mit der du mal zusammen warst?«

»Genau die! Die ist leider vor sechs Monaten geschnappt worden und arbeitet jetzt auf der Mondkolonie im Straflager. Wenn ich dir ihre Daten besorge, wäre es dir möglich, die zu entschlüsseln?«

»Kein Problem! Ich sehe schon, du willst einen Beweis, dass ich dir nicht zu viel verspreche.«

»Richtig! Solltest du tatsächlich die Regierungsverschlüsselung knacken, kannst du meine Freundin mit dem Zugang zum Zentralregister aus dem Strafvollzug entlassen. Den entsprechenden Datensatz kann mir mein Kontakt besorgen. Wenn du ihn knacken kannst, könnte ich ihn überzeugen, dir den vollen Zugriff freizugeben und danach unterzutauchen.«

»Dann haben wir einen Deal! Du bekommst deine Tatjana zurück und ich werde für mich, die Mannschaft und deinen Spitzel neue Identitäten anlegen.« Jetzt musste Carl nur noch auf die Daten warten, danach würde er den nächsten Schritt wagen.

*

Die elektronische Akte von Tatjana Miller bestand aus zwei Teilen: Der Erste enthielt die offiziell verfügbaren Daten, auf die jeder Mitarbeiter im Strafvollzug zugreifen konnte. Sie wurde vor fünf Monaten nach vierwöchiger Untersuchungshaft zu sieben Jahren Zwangsarbeit in den Minen der Mondkolonie verurteilt. Die Anklage lautete auf Handel mit verbotenen Waren und Betrieb eines interplanetaren Transportunternehmens ohne Genehmigung. Kurz gesagt: Sie war eine Schmugglerin wie George.

Carl pfiff durch die Zähne, als er ihr Foto sah. Kein Wunder, dass George sich in diese Frau verguckt hatte. Der zweite Teil der Akte bestand aus einem codierten Datensatz, der die Einzelheiten des Urteils, sowie alle relevanten Angaben zur Person enthielt. Der konnte nur mit dem korrekten Code entschlüsselt werden, und zudem war er unveränderbar. Zumindest theoretisch. Carl setzte sein neues Netzwerk von Supercomputern auf den verschlüsselten Teil an. Nach etwa zwei Minuten waren die Daten im Klartext verfügbar. Er schickte das Ergebnis über die Richtfunkstrecke an George.

»Verdammt! Wie hast du das so schnell geschafft?«

»Das willst du nicht wirklich erklärt bekommen! Leite die Daten an deinen Kontaktmann weiter! Wenn er sieht, dass ich die Akte entschlüsselt habe, glaubt er mir vielleicht, dass ich sie auch ändern kann.«

»Ich hoffe, damit liegst du richtig! Ich würde jedenfalls alle Gefallen einfordern, die mir auf dieser Ebene noch zur Verfügung stehen. Und du meinst tatsächlich, du könntest eine manipulierte Akte ins Netzwerk der Zentralregierung einschleusen? Die haben doch sicher Kopien!«

»Glaub mir, wenn erstmal ein Datensatz mit fehlerfreier digitaler Signatur im System eingetragen ist, zweifelt niemand an der Richtigkeit. Soweit kenne ich die Regierung. Kein Mensch stellt die große KI infrage!«

»Was kommt als Nächstes?«, fragte Sarah.

Die vier Besatzungsmitglieder – alle außer Robert – hatten sich am großen Tisch der Mannschaftsmesse versammelt, um die weiteren Schritte zu besprechen.

»Wir werden uns trennen und auf dem Mars zur Ruhe setzen«, erklärte Carl.

»Zur Ruhe setzen? Wie soll das gehen?«, wollte der Doktor wissen.

»Ihr habt alle genügend Geld und für den Rest eures Lebens ausgesorgt.«

»Mach keinen Scheiß!«, warf Sarah ein. »Ich hab ja nicht mal ein Konto. Unsere Zugänge hat man gesperrt, als wir in das Strafvollzugprojekt überstellt wurden.«

»Jetzt verfügt jeder von euch wieder über ein Konto mit einem respektablen finanziellen Polster von mehreren Millionen Dollar. Außerdem erhaltet ihr neue Identitäten.«

Ein Raunen ging durch die Gruppe. Schließlich meinte Harold: »Okay, dann erklär uns mal, was du arrangiert hast!«

Carl grinste breit und tippte etwas auf seiner Konsole ein. Ein Bildschirm in der Messe erwachte zum Leben und zeigte die vier Anwesenden mit gefälschten Namen, Kontonummern und Kontoständen. »Glücklicherweise haben uns unsere neuen Freunde aus der fernen Galaxie den vollen Zugang zum Netzwerk aus Mini-Satelliten gestattet. Diese sogenannten Sensoren enthalten eine Elektronik zur Auswertung von Daten, die ein erdbasiertes Computersystem ziemlich alt aussehen lässt. Ich konnte damit nicht nur die gesamte offene Kommunikation überwachen, sondern alle verschlüsselten Informationen, die über das planetenweite Datennetz gesendet werden.«

»Also hast du auch die Kontoverbindungen entschlüsselt?«, fragte Harold.

»Kontoverbindungen, geheime strategische Nachrichten zwischen Erdregierung, Planetenkolonien und natürlich alles, was mit der Suche nach einem geflüchteten Schrottsammler in Verbindung stand. So waren wir denen ständig einen Schritt voraus.«

»Und die neuen Identitäten?«, wollte Sarah wissen.

»Kontakte zu den Weltraumpiraten sind nicht nur nützlich, um Treibstoff zu besorgen. George wird sich jetzt, da er über genügend Kapital verfügt, auf die faule Haut legen. Das wird ihm auf Dauer zu langweilig. Schon aus diesem Grund hilft er mir gern, meinen eigenen Ruhestand zu planen.«

Harold runzelte die Stirn. »Kannst du ihm denn vertrauen?«

»Es gibt keinen Anlass, mich zu hintergehen. Er besitzt nun mehr Geld, als er jemals ausgeben kann. Das Gleiche gilt für meine Person. Daher hat George seine Kontakte genutzt, um uns allen eine neue Identität zu besorgen.«

»Uns allen – außer Robert«, meinte Sarah.

»Robert wollte uns an die Behörden verraten«, erklärte Carl. »Die Ironie an der Sache ist, dass wir dadurch zum Handeln gezwungen wurden. Wenn er nicht gewesen wäre, würden wir vielleicht noch im Orbit herumfliegen. Deshalb schlage ich vor, dass wir ihn zur Erde zurückfliegen lassen.«

»Zurückfliegen? Womit?«

»Ich schalte den Schrottsammler auf Autopilot und kopple diesen mit dem Schließmechanismus am Quartier. Sobald das Schiff nahe genug an der Erde ist, hebt der Bordcomputer die Blockade von Roberts Quartier auf und informiert die Behörden, damit sie ihn einsammeln können.«

»Was machen wir dann ohne Schiff?«

»George hat uns Transportgelegenheiten organisiert. Wir trennen uns. Ihr bestimmt euren Zielort selbst! Zunächst geht es auf den Mars. Der ist inzwischen genauso übervölkert wie unser Heimatplanet. Ihr werdet also nicht auffallen. Danach entscheidet jeder, wo er oder sie sich zur Ruhe setzen will.«

»Aber kann uns die Erde nicht über die Gesichtserkennung aufspüren?«

»Das ist das Schöne daran. Mit den Zugangscodes für den Zentralrechner der Erdregierung konnte ich ein

Unterprogramm einschleusen. Solange ihr nicht unangenehm auffallt, wird euer Gesicht keinen Alarm auslösen. Die Implantate lassen sich nicht entfernen, aber durch die neuen Identitäten bleiben sie inaktiv.«

»Was wird aus dem Alien-Gerät?«, wollte Harold wissen.

»Das behalte ich – als Andenken. Schließlich habe ich sein Potenzial entdeckt. Jetzt, da wir die Hilfe des Sensornetzwerks nicht mehr benötigen, werden unsere Freunde den Zugang wieder abschalten. Ohne den dürfte dieses Teil kaum Profit abwerfen.«

Der Doktor zog die Augenbrauen nach oben. »Warum vernichten wir es nicht einfach?«

»Was würde das bringen, vorausgesetzt, dass wir dazu fähig wären?«

»Die Aliens wollen immer noch mit uns reden«, mischte sich Harold ein, »und wir haben ihnen versprochen, unsere Fernsehserien zu erklären.«

»Genau das sollten wir auch tun«, erwiderte Carl. »Diese Spezies scheint ziemlich leichtgläubig zu sein, sonst hätten sie uns nicht den Zugang zu ihren Systemen gegeben. Wir müssen dafür sorgen, dass sie das Interesse an uns verlieren.«

»Warum das?«

»Na ja, stell dir vor, die Erdregierung findet ebenfalls eines der Geräte im Weltall und kommuniziert mit den Fremden. Immerhin wissen die, wohin wir geflüchtet sind.«

Alle Beteiligten nickten. Natürlich konnten die Kriminellen selbst über so viele Lichtjahre Entfernung an die Regierung verraten werden.

»Außer George weiß keiner, dass wir uns in der Nähe des Mars aufhalten. Nicht einmal Robert hat eine Ahnung, wo wir uns befinden, weil er die ganze Zeit in seinem fensterlosen Quartier eingesperrt war.«

Harold rutsche unruhig auf dem Stuhl herum. »Aber, was ist mit deinen Manipulationen, die du am Zentralcomputer der Erdregierung vorgenommen hast?«

»Die wurden über eine Relaisstation durchgeführt, wobei ich die Kommunikation über die Supercomputer der Fremden maskiert habe. Niemand wird uns da zurückverfolgen können. Ich habe aus meinen Fehlern gelernt. Das passiert mir nicht noch einmal!«

57.

Als Barry an diesem Morgen in sein Büro trat, spürte er regelrecht, dass es kein guter Tag werden würde. Er rief den Status der Verfolgungsaktion ab. Die *Hermes-38* war immer noch unauffindbar. Sein Vorgesetzter hatte ihn bereits gewarnt, dass der Angestellte sein Budget für die Aktion weit überschritt. Vielleicht könnte es ihm weiterhelfen, wenn Barry mehr über diesen Carl Huntley in Erfahrung brächte. Offensichtlich steckte dieser Cyberkriminelle hinter der ganzen Sache. Doch als Barry den Namen und die Registriernummer eingab, traute er seinen Augen nicht. Das System fand keinen Eintrag in der Zentraldatenbank. Es war so, als ob Huntley nie existiert hätte. »Teresa! Kommen Sie mal bitte?«

Die Sekretärin betrat eilig das Büro, in dem ihr Boss entsetzt auf den Bildschirm starrte. »Was kann ich für Sie tun, Chef?«

»Schauen Sie mal! Carl Huntley existiert nicht mehr.«

»Sie meinen, er ist tot?«

»Nein, er ist nicht im System!«

»Das ist unmöglich!«

»Sehen Sie selbst!«

Teresa überflog den Bildschirm, tippte dann eine Anfrage ein. Wieder erschien die gleiche Meldung: *Nicht gefunden!* Sie probierte es noch einmal, diesmal nur den Namen, danach erneut, mit der Registriernummer. Beide Male vergeblich. »Haben Sie schon die Mannschaftsliste der *Hermes* versucht?«

Barrys Augen begannen zu leuchten. Natürlich! Warum hatte er nicht selbst daran gedacht. »Computer! Liste die Mannschaft der *Hermes-38* auf!«

»Robert Frappier.«

Barry stutzte. »Wer noch?«

»Robert Frappier ist das einzige Mannschaftsmitglied der *Hermes-38*.«

»Verflixt! Sehen Sie, was da passiert ist, Teresa?«

»Aber, das ist unmöglich! Niemand kann Identitätsdaten in der Zentralverwaltung manipulieren. Alles ist komplex verschlüsselt, nur die KI selbst besitzt die gültigen Codes.«

»Irgendwie muss es dieser Carl geschafft haben!«

»Aber, was machen wir nun?«

»Wir können leider nichts machen. Wir wissen zwar, wer alles mit der *Hermes* geflüchtet ist, aber es dürfte schwierig werden, das zu beweisen. Unsere Aussagen gegen die der KI. Sie wissen, wie das ausgehen wird?«

Teresa nickte nur langsam. Das Datensystem galt als hundertprozentig sicher. Wie auch immer dieser Verbrecher das System ausgetrickst hatte, er würde erst einmal damit davonkommen.

»Die *Hermes-38* wurde soeben in der Nähe des Asteroidengürtels gesichtet!«, meldete der Computer.

»Gibt es schon Funkkontakt?«

»Bislang noch nicht.«

»Aktueller Kurs?«

»Das Schiff hält Kurs auf die Erde.«

Barry konnte sich zusammenreimen, was jetzt passieren würde. Die anderen mussten herausgefunden haben, dass dieser Robert sie verraten hatte, sodass man ihn nun zurückschickte. Wenigstens konnte er endlich die kostspielige Verfolgung beenden. »Computer! Das Schiff weiterhin beobachten! Gib mir Bescheid, sobald eine Kommunikation möglich ist!«

58.

Der Kommunikationssaal im Institut für Erstkontakte mochte einen Erdenmenschen an ein irdisches Callcenter des 20. Jahrhunderts erinnern. Eno-Pan, der zuständige Mitarbeiter für den Erstkontakt Nummer 356, Codename *Erde*, konnte sich noch keinen Reim darauf machen, was ihm diese Menschen da erklärten.

»Sie bestätigen also, dass Ihre Spezies über Waffen verfügt, die mit Hilfe von Gravitationswellen ganze Raumschiffe zerstören können?«

»Das ist korrekt. Ich vermute, Sie haben eine entsprechende Dokumentation bereits über unsere Funkwellen empfangen.«

»Ich bestätige. Wir haben verschiedene Dokumentationen ausgewertet. Jetzt, da Sie deren Authentizität bestätigt haben, können wir die Informationen zuordnen. Wir danken für Ihre Kooperation.«

Eno-Pan beendete den Sendebetrieb zu 356 und leitete den Audioempfang zum Aufzeichnungsmodul um. Er konnte die Station künftig ignorieren. Falls von diesem Sonnensystem noch etwas eingehen sollte, würde die Automatik die Nachricht aufzeichnen und von der künstlichen Intelligenz prüfen lassen. Solange keine wichtigen Fakten mehr hereinkamen, befasste sich niemand weiter mit dem Erstkontakt.

59.

Der Ausschuss bestand aus einer kleinen Gruppe von nur neun Mitgliedern des Planetenrates. Auf ihrer Tagesordnung stand, neben den Handelsbeziehungen zu drei neu entdeckten Planeten mit intelligentem Leben, auch Fall 356: genannt *Erde*.

Der Beauftragte des Wissenschaftsrates hatte alle Daten seines Mitarbeiters Eno-Pan analysiert und trug nun den Fall vor. »Die Auswertung ergab, dass wir es hier mit einer extrem aggressiven Lebensform zu tun haben. Sie brüsten sich damit, dass sie ihre Taten in Ton und Bild als Dokumentation per Funkwellen verbreiten. Dabei verwenden sie ein recht primitives Verfahren der Signalübertragung, obwohl man augenscheinlich über ausgereiftere Technik verfügt.

Ein großer Teil ihrer Aufzeichnungen beschreibt verschiedene Arten, die Mitglieder der eigenen Spezies zu töten, um sich dann von anderen Mitgliedern jener gleichen Spezies fangen und bestrafen zu lassen.

Es besteht für uns kein Zweifel, dass ein Erstkontakt mit Gewalt beantwortet würde. Man hat eindeutig dokumentiert, dass sie über Waffen verfügen, mit denen sie selbst unsere Überlicht-Raumkreuzer zerstören können. Wir raten daher von weiteren Kontakten zu dem als *Erde* bezeichneten Planeten ab!«

Für die neun Ratsmitglieder, die alle Fakten und eine Unmenge an Thrillern, Krimis und Weltraumabenteuern durch ihre künstliche Intelligenz hatten analysieren lassen, war die Abstimmung nur eine Formalität.

Jeder einzelne tippte auf eine, der im großen Konferenztisch eingelassenen Schaltflächen. Damit war Fall 356 offiziell abgeschlossen. Man würde den Planeten weiterhin beobachten, aber keinen direkten Kontakt aufnehmen.

60.

Carl blickte zufrieden in die Runde, als er sich von seinen übriggebliebenen Teammitgliedern verabschiedete. »Na, was habe ich euch gesagt?«

»Offensichtlich haben wir sie verschreckt«, meinte Sarah.

»Das ist nicht der Punkt, Engelchen«, erwiderte Harold. »Der Punkt ist, dass die sich nicht mehr melden und offenbar das Interesse an uns verloren haben. Die Erde ist also sicher!«

»Schade ist nur, dass wir wohl jetzt doch keinen Profit aus dem Gerät schlagen können«, erwiderte Carl.

»Warum das?«, wollte der Doktor wissen.

»Na ja, das Gehäuse lässt sich nicht öffnen. Die Kommunikationseinrichtung nützt uns nur dann etwas, wenn wir das Gegenstück auf der anderen Seite auch hätten. Stellt euch mal vor: Kommunikation ohne Zeitverzögerung, egal wie groß die Entfernung ist! Das wäre ein Vermögen wert!«

»Was machen wir jetzt mit dem Gerät?«, fragte Martin.

»Das lasse ich verschwinden. Wir können es ja schlecht zum restlichen Schrott legen.«

Sarah blickte etwas wehmütig in die Runde. »Was wird wohl jetzt aus Robert?«

»Der sollte inzwischen in Sicherheit sein. Den Autopiloten habe ich so programmiert, dass er ihn auf halbem Weg zur Erde aus dem Quartier befreit. Außerdem ist dafür gesorgt, dass niemand unseren Kurs nachverfolgen kann. Unser Erbsenzähler wird also nicht in der Lage sein, etwas zu verraten.«

61.

Der Wissenschaftsrat hatte alle Berechnungen abgeschlossen. Die Sonde sollte einen mittelgroßen Meteor anfliegen, welcher das Objekt 356 in wenigen Jahren erreichte. Die nötige Kurskorrektur war nur minimal, da die natürliche Flugbahn den Flugkörper sowieso bis auf mehrere tausend Kilometer an die Erde herangeführt hätte.

Geplant wurde ein neuer Kurs, der den Gesteinsbrocken direkt mit dem Planeten kollidieren ließ. Größe und Energie des Einschlags dürften gerade ausreichen, um dessen Zivilisation einige hundert Jahre zurückzuwerfen. Das sollte die potenzielle Gefahr, die durch diese aggressive Spezies ausging, minimieren, ohne allzu viele Leben zu vernichten.

Der Meteor war vermutlich klein genug, um nicht rechtzeitig entdeckt zu werden. Aber selbst wenn die Menschen erkannten, was da auf sie zukam und den Gesteinsbrocken mit ihren überlegenen Waffen pulverisierten, würde man später weitere Maßnahmen ergreifen. Da niemand die genaue Position ihres Heimatsystems kannte, konnten sie sich Zeit lassen, die Bedrohung, die von 356 ausging, auszumerzen.

Danksagung

Auch ein kurzer Roman wie dieser kann nicht ohne Hilfe erstellt werden. Mein ganz besonderer Dank geht an meine Testleser, die mich auf Schwachstellen in der Story aufmerksam gemacht haben.

Unter anderem waren als Testleser beteiligt:

Marty Knopp, Olaf Stieglitz und weitere nette Testleser, die nicht namentlich genannt werden wollten. Ihr wisst ja, wer ihr seid, also herzlichen Dank für die Hilfe.

Für Anregungen und Kritik, die Sie mir persönlich mitteilen wollen, bin ich per E-Mail jederzeit erreichbar: kurt.beinwell@heddesheimer.de

Weitere Informationen zu meinen Werken gibt es unter: https://kurtbeinwell.de